愛的教育

Cuore

艾德蒙多・亞米契斯

高寶書版集團

閱讀經典　001

愛的教育

Cuore

作　　者：艾德蒙多．亞米契斯（Edmondo de Amicis）
總 編 輯：林秀禎
編　　輯：李國祥
出 版 者：英屬維京群島商高寶國際有限公司台灣分公司
Global Group Holdings, Ltd.
地　　址：台北市內湖區洲子街88號3樓
網　　址：gobooks.com.tw
電　　話：(02) 27992788
E- mail：readers@gobooks.com.tw（讀者服務部）
pr@gobooks.com.tw（公關諮詢部）
電　　傳：出版部　(02) 27990909　行銷部　(02) 27993088
郵政劃撥：19394552
戶　　名：英屬維京群島商高寶國際有限公司台灣分公司
發　　行：希代多媒體書版股份有限公司/Printed in Taiwan
出版日期：2008年9月
版　　次：二版

國家圖書館出版品預行編目資料

愛的教育/艾德蒙多．亞米契斯（Edmondo de Amicis）著
；二版. — 臺北市 ：高寶國際出版：希代多媒體發行,
2008.9　　面；　公分
譯自：Cuore

ISBN 978-986-185-225-6（平裝）

877.59　　97016778

閱讀經典的理由

小時候，我們每個人都愛聽故事，也愛看故事書，並從中得到了寧靜與喜悅，發現了自己的小天地。但現代人多半忙忙於公事案牘、碌碌於魚米柴薪，沒有空閒更沒有精力靜下心來閱讀，從而與這項最單純的快樂越離越遠。所以，若想要重新體會這分感動，又苦於好書太多，而時間太少，那麼，閱讀經典文學該是最有效率的方式了。

爲什麼說閱讀經典是最有效率的方式呢？要知道，經典之所以被稱爲經典，在於它們的內容經過悠悠歲月與千百讀者的試煉後，其地位依然屹立不搖，其價值歷久不墜，因此值得人們一看再看，並隨著時代的變革賦予新的意義。

閱讀經典系列將各國經典文學重新迻譯，文字雅潔流暢，是最適合時下青年學子閱讀的經典文本。而入選閱讀經典系列的每本書，無一不是深刻雋永，無一不是文壇大家嘔心瀝血之作。盼望熱愛文學的讀者知音們，能夠盡情徜徉在每本書的奇妙世界之中。

再一次品味生命的溫柔

曾昭旭

藉著高寶重譯《愛的教育》的機會，重讀了這本少年時代滿心珍愛的好書，心中真是有許多感慨。真的，這本書在三、四十年前可說是家喻戶曉，尤其是書中的「每月故事」，好些篇都曾編進國語文課本，如「少年斥候」、「少年筆耕」、「少年鼓手」、「溫馨守護情」等，更是耳熟能詳。但曾幾何時，如今知道這本書的少年好像已經很少了。

當然，重點還不是這本書，而是人間溫暖可感的愛，好像已逐漸被現代人所淡忘。人們已越來越相信金錢、權力，重視欲望、勝利，而不再相信親子間的溫暖、朋友間的友愛和對國家的忠誠了。

所以，重新讓少年們讀讀這本書是必要的。

因為溫柔的愛是人所以能夠以及所以願意生活在這世上的最後保證。當法律不修、社會紊亂，我們還可以靠正義和道理來溝通維繫；但當道義都隱晦不彰，而人間充滿不平不義的時候，愛就是給人希望與信心的最後泉源了。真的，當一個人被溫柔地對待，就可以化解他所背的創傷。所以，我們的家庭與學校，怎麼可以為了眼前小小的利益或者壓力（例如升學與業績），就忘記愛在教育上的重大功能與意義呢？

當然，這本書也許已經略嫌古老了，它的寫作背景是十九世紀中葉的義大利，距離現在已經一百五十年。許多生活內容都和現代大異其趣，如點燈、劈柴、掃煙突的經驗，現代的孩子是沒有的；尤其物質的匱乏，窮人家生活的困苦，現代孩子也多難理解。乃至一些古典的感情形態，如對國家、君主、士兵、軍隊的敬愛，也或許與現代的民主觀念不甚相合。但這些其實都沒有關係，因為生活形態與內容會與時推移，愛與感情卻是人間生活亙古不變的要素。所以我們讀這本書，自然也可以通過異時異地的背景內容，而領略到同樣的溫柔可感。如書中主角安利柯與父母的相處，是如此相親相愛相尊重，尤其父母常常給兒子寫信，豈不真值得現代父母好好效法嗎？

其次，安利柯感情生活的大宗，自然是他的同學，通過安利柯的日記，我們也可以看到安利柯那雖然平凡（他常常也不夠聰明、用功、踏實、剛強）卻正直寬容的心，使他能夠從不同的同學身上，學習到不同的人品德行。如甘倫的正直、戴洛希的優秀、施泰勒利的堅忍等等，乃至對不甚完美的同學，也能欣賞他們特有的優點（如卡洛斐的吝嗇卻親切），或者同情他們特殊的際遇（如駝背的那利、「小石匠」、常被鐵匠爸爸虐待的潘克錫等）。是的，感情教育本來就不是課堂上的灌輸，而是生活上的實踐。所以安利柯雖然也不免常常犯錯，卻反而有更多學習去溫柔待人的機會。

其實，何止是少年呢！在嚴重缺乏愛與溫柔經驗的當代人，包括父母與老師，我們全都該藉青少年安利柯的提醒乃至刺激，去重新找回那原在我們生命深處，卻失落已久的愛！

第一卷　十月

開學的第一天

今天要開學了，在鄉間的三個月就像夢一般的過去，又要回到學校來了。

早上媽媽送我到學校去的時候，我還一直想著在鄉下時的情形呢。

街上到處都是要來學校的學生們，書店裡擠滿了要購買筆記本和文具的新生，交通警察則努力的在維持交通秩序。

到了校門口，有人拍了一下我的肩膀，哦，原來是我三年級時的老師。她有著一頭紅色鬈髮，人很好，慈祥又和藹。

她神情愉快的看著我說：「這學期老師不再教你了，安利柯！」

這原是我早已知道的事，但今天被老師這麼一提醒，我還是難過了起來。

我們好不容易才擠到了裡面，許多家長們一手拉著小孩，一手拿著成績單，在接待處樓梯旁，嘈雜得如同菜市場一樣。再一次看著這間偌大的接待處，我對它有種說不出的好感，因為這三年來，每次到教室去，都會經過這裡。

我二年級時的女老師見到了我說：「安利柯！你現在要到樓上去了喔！不用再經過我的教室囉。」她說話時還有些依依不捨似的看著我。

校長正被家長們圍繞著，他的頭髮好像比以前更白了許多。同學們的塊頭也比上學期更高更壯了。

剛進來念一年級的小朋友，都不願意到教室裡去，個個像驢馬似的倔強的賴在父母的身邊，一定得半哄騙半強迫才能拉得進去，有的才一進教室就又跑了出來，有的因為找不到父母而哭了起來，家長有的誘騙有的責罵，老師們也被弄得束手無策。

我弟弟被編在黛兒卡蒂老師所教的班級。

十點鐘時，大家進了教室。我們這班共有五十五人。從三年級一同升上來的只有十五、六人。常常得到第一名的戴洛希也在裡面。

一想起暑假遊玩過的山林鄉野，就覺得學校裡悶得令人討厭。又想起三年級的老師來，她是個臉上經常帶著微笑的好好小姐，更是一個跟我們沒有什麼代溝的好好老師。然而她那一頭紅而鬈的頭髮，以後再也不能常常見到了，一想到這裡，我就忍不住有點難過。

而這次的新老師，身材高大，長長花白的頭髮，額上有著皺紋，說話聲音很大。他盯著我們一個一個看的時候，目光竟像要看穿我們似的，而且還是一位沒有笑容的老師。

我想：「唉！一天容易過，但還有九個月怎麼辦?用什麼功，考什麼試嘛，一想到就討厭！」

走出教室，第一眼就看見媽媽，不知道為什麼，我立刻直奔到媽媽面前，抓起她的手就一直親個不停。

媽媽也高興的親親我，並說：「安利柯啊!學期剛開始，要用功哦！」

我高高興興的和媽媽回家了。今天唯一感到失落的是，那位慈愛和藹的老師已不再教我們，學校也不再像以前那般有趣了。

我們的老師

今天是開學的第二天。昨天原本嚴肅的老師，今天不知怎麼變得可愛了起來。

當我們進教室時，老師已坐在位子上了，只見上學期被他教過的舊生，紛紛從門口探頭進來和老師打招呼，「老師早安！」

還有同學走進教室和老師匆匆握了手就出去的，由此可見，大家都十分愛慕這位老師。

可是，我發現，雖然老師嘴裡也喃喃說著「早安！」，並且也和藹的和學生握手，但他卻沒有注意的看學生的臉孔。儘管打招呼時，他的臉上帶著笑容，但他額上的皺紋一皺，臉孔就像板了起來，加上他又愛把臉朝向窗外，注視著對面的屋頂，這使得他和學生們的招呼好像是件苦差事似的。

之後，老師又點了我們每個人一遍名字，才叫我們開始默寫，他自己則走下講臺，在課桌之間來回走著。

當老師走到一個臉上出疹子的同學身邊時，只見老師用兩手托起他的頭看了看，又用手摸摸他的額，並關心的問他有沒有發燒？這時，後排有一個頑皮的同學趁老師不注意，跳上椅子玩起來他的傀儡娃娃來。老師正好回過頭看到，那同學馬上跳下椅子，害怕的低下了頭來預備接受責罵，但老師走到他身旁，只是用手摸摸他的頭說：「下次不要再這樣了！」

等到全班默寫完之後，老師沉默的看了我們好一會兒，然後用一種低沉雄渾但又令人覺得親切的聲音說：「各位同學，從今天起，我們大家要在這裡整整相處一年，希望你們都能好好用功，守規矩。

「老師沒有家人，你們就是我唯一的家人。自從去年我母親過世以後，我就孤零零一個人了！所以，你們就等於是我的孩子，我愛你們每一個人，也希望你們每一個人都喜歡我。我不喜歡責罰你們，那是因為我希望你們都是以最真實的一面來面對我，讓老師以你們為榮。現在，你們不用口頭上回答我什麼，但我知道你們在心裡都答應老師了，對不對？謝謝你們。」

放學時，大家都安靜的離開座位。那個跳上椅子的同學走到老師的身旁，顫抖的說：「老師，我下次不敢了！」

老師摸摸他的小腦袋說：「快回去吧！好孩子！」

捨己救人

新學年剛開始就發生了一件意外。

今早去學校的途中，我和爸爸正在討論著老師所說的話，只見路上的人都一個勁兒的往學校奔去。

爸爸疑惑的說：「怎麼回事？大家跑得這麼快！我們也去看看。」

我們好不容易擠進了學校，偌大的廳堂裡擠滿了小孩和家長。我聽見他們說：「可憐的洛佩弟！」

黑壓壓的人群中，我抬頭望去，看見警察的帽子，還有校長先生那微禿的腦袋。後來又走進一個戴著高帽的紳士，貌似醫生。

爸爸問他說：「究竟怎麼了？」

醫生回答說：「一名學生被車子壓傷了！腳骨可能碎了！」

原來洛佩弟在上學途中，看見一個一年級的學生掙脫了母親的手，在馬路上跌倒了。而這時有輛車正好直向他衝來，眼見小孩就要被車子壓到了，說時遲那時快，只見洛佩弟大膽的跳過去將他拖救出來。不料，他卻來不及抽出自己的腳，因此反被車子壓傷了。

就在他們敘述這些經過情形的時候，突然有一個婦人從人群裡掙扎著進來，原來她就是洛佩弟的媽媽。同一時間還有另一個婦人也跑了進來，抱著洛佩弟的媽媽啜泣著。她就是那名差點受傷的小孩的媽媽。兩個婦人蹲在洛佩弟的身旁哭泣著。

不久，一輛馬車停在校門口，校長把洛佩弟抱起來。洛佩弟把頭伏在校長的肩上，臉色蒼白，眼睛閉著，似乎在隱忍著巨痛。

在場的大人小孩都齊聲說：「洛佩弟！好一個勇敢的孩子啊！」

比較靠近的老師及同學們更是爭相摸了摸洛佩弟的手。

這時洛佩弟睜開了眼說了一句：「我的書包呢？」

被救孩子的媽媽馬上拿書包給他看，且流著眼淚說：「我會替你保管好的。謝謝你。」

這時，洛佩弟的媽媽臉上洋溢著微笑。

校長很小心的把洛佩弟抱進馬車，慢慢駛離，而剩下的我們則都默默的回到教室裡去。

來自格拉勃利亞

從那天起，洛佩弟就成了一個非拄著枴杖不可的人了！

就在昨天下午，當老師正在告訴我們大家這個消息時，校長忽然帶了一個陌生的小孩走進教室。他皮膚黝黑，濃眉大眼，校長和老師低聲說了些話後就出去了。小孩子用他又黑又大的雙眼盯著教室看。

老師拉起他的手對我們說：「各位同學，今天有一個從五百哩外的格拉勃利亞，一個叫萊奇阿的城市來的義大利小孩，來到我們班上做大家的同學。所謂『有朋自遠方來，不亦樂乎』，所以你們要特別照顧他。

「他的故鄉是義大利名人的出生地，尤其出了好多強健的勞動者和勇敢的軍人，那兒同時也是義大利的風景名勝之一，有森林，也有高山，每個人既勇敢又勤奮，你們要友善的對待他，好讓他快點忘卻離家的感傷，並且明白在義大利，無論走到任何地方，大家都是血濃於水的同胞。」

老師說著說著，就在義大利地圖上指著格拉勃利亞的萊奇阿給我們看，然後喚了一聲：「戴洛希，到老師這裡來。」

成績總是名列前茅的班長戴洛希，起身走到格拉勃利亞小孩的面前。

「你是班長，是不是應該表達歡迎之意呢？你就代表所有的同學，對這位新同學表示歡迎吧！」

於是戴洛希和那小孩握了握手，然後開朗的說：「歡迎你加入我們的行列！」

格拉勃利亞小孩也熱烈的回握戴洛希的手。

坐在底下的我們都拍手喝采起來，雖然老師說「安靜安靜」，但喜悅的神色一直在他臉上暖暖洋溢著。等到老師安排好座位，那個小孩隨即坐下。

老師說：「記住老師剛才的話。格拉勃利亞的小朋友到了我們這裡，我們就要讓他如同住在自己家裡一樣。將來這裡的小孩到了格拉勃利亞，也會像回到家一般自在。你們知道嗎？為了統一，我們曾經作戰了五十年，有三萬多名的同胞戰死，所以今後你們更要互相敬愛，如果有人因為他不是本地人而無禮於他的話，那就沒資格身為三色旗的子民了！」

下了課，格拉勃利亞小孩鄰座的同學們，有人送他筆，有人送他卡片，還有人送他瑞士郵票，大家都不約而同的對他表達了友善之意。

同班同學

送郵票給格拉勃利亞小孩的，就是我最敬佩的甘倫。他在同學中塊頭長得最高大，他才十四歲，卻已有大人的架式，是個人高馬大，笑起來很可愛的一位同學。

開學有一陣子了，班上的同學也已認識了不少，其中有一個叫柯禮提的我也很欣賞。他總是穿著茶色的褲子，戴著貓皮的帽子，他說的話也很好玩，而且總是有趣的話題。他父親是開木柴店的，曾跟隨溫培爾托親王所率領的部隊打過仗，據說還拿過三個勳章呢！

班上還有一個叫做那利的同學，他是個駝背，身體很虛弱，經常面無血色。另外有一個叫華提尼的，他時常穿著漂亮的衣服。

對了，還有一個綽號叫「小石匠」的，他是石匠的兒子，臉蛋圓圓的像蘋果，鼻頭卻像顆小毛球。他總喜歡扮兔臉，惹得大家常常爆笑。他有一頂破破的帽子，卻常將它當手帕似的捲藏在口袋裡。

坐在「小石匠」旁邊的是卡洛斐，他有著又瘦又長的鷹鉤鼻，而且眼睛特別小。他老是把鋼筆、火柴空盒等一些東西拿來賣，又把字寫在手指上，一副天生商人的模樣。

還有一個叫諾琵斯的，他旁邊坐的是鐵匠的兒子。他總是穿著齊膝的上衣，臉色蒼白得好像病人，膽子很小，什麼都怕，我從沒見他笑過。

有一個紅髮的小孩，他的一隻手殘障了，聽說他父親去了美國，母親是賣菜的。

坐在我左邊的叫施泰勒利，粗短矮胖，幾乎看不見他的脖子。他像個獨行俠，不和人講話，好像什麼都不知道似的，可是當老師說話時，他卻總目不轉睛的蹙著眉頭、閉緊嘴巴的在聽著，如果這時有人說話，頭兩次他還會忍下來，一到第三次，他就會憤怒的站起來用腳踢人。

班上還有一個行為乖張，長相狡猾的同學，名叫伍藍地，聽說是被別校開除才來這裡的。還有一對長得很相像的兄弟，穿著一樣的衣服，戴著一樣的帽子。

在這許多同學中，相貌最好而且最有才幹的，首推戴洛希了。這學期大概還是他得第一名吧！但是，我最欣賞的卻是鐵匠的兒子，那個像病人的潘克錫，據說他父親時常打他。他非常老實，在和別人說話時，若偶有冒犯之處，他一定會很禮貌的說聲「對不起」。他常用一種親切但有著淡淡哀怨的眼光看人。

至於人品既高尚，個性又成熟的，同學裡令人第一個想起的，大概就是甘倫吧。

義俠的行為

甘倫為人的評價，在發生了今天的事情後，就更加令人信服和肯定了。

今天我到學校時老師還沒來，卻看到教室裡有三、四個同學正在欺負那手有殘疾的克勒西。有的人用三角板打他，有的人將栗子殼往他的頭上丟，說他是「殘廢」、是「妖怪」，還學他殘障的樣子來羞辱他。

克勒西一個人坐在位子上蒼白著臉，用一種近乎求饒的眼神看著他們。但他們越見克勒西如此，就越加過分的戲弄他，終於弄得克勒西發火了！只見他紅著臉，站了起來，瞪著他們。

這時那個令人討厭的伍藍地又跳上椅子，模仿克勒西媽媽平日挑擔賣菜的樣子。克勒西的媽媽常到學校來接克勒西，但聽說現在正臥病在床。因此許多同學都知道克勒西的媽媽，現在看了伍藍地的表演，紛紛笑了起來。

克勒西一怒之下，拿起桌上的墨水瓶就擲了過去，但伍藍地很敏捷的閃了開，墨水瓶就這樣莫名的打到剛要從外面進來的老師身上。

大家嚇得立刻坐回到自己的位置上，噤若寒蟬。

老師也變了臉色，走到講桌旁，十分嚴厲的問：「誰？」但大家都沒有回答。老師就更提高了嗓門問：「是誰？」

這時，甘倫忽然站了起來，並且很肯定的說：「是我！」

老師盯著甘倫，又看看大家的反應，然後靜靜的說：「不是你。」

過了一會兒，老師又說：「我絕不處罰，是誰？」

克勒西站了起來，他流著淚說：「他們打我、欺負我，我氣昏了，一時衝動就把墨水瓶丟了出去。」

「好！欺負他的人也起立！」老師一說完，那四個同學就立刻站了起來，但頭都垂著低低的。

「你們欺負一個沒有得罪你們的人，欺負一個家庭環境不好的同學；欺善怕惡，是件最可恥的事了，只有卑鄙的人才會做這種事！」

老師隨後走到甘倫的旁邊，將手擺在他的腮下，托起他低下的頭，注視著他說：「你的精神值得嘉許！」

甘倫附在老師的耳旁，不知說了些什麼，然後老師就對那四個頑皮的同學說：「這次原諒你們。」

難忘的人

我二年級時的女老師，今天準時到家裡來訪問。老師已經有一年沒來了。

老師的帽子罩著綠色的面紗，衣著樸素，頭髮也沒有多加裝飾，她原是沒有工夫來打扮這些的。比起去年，她臉上的妝似乎淡了許多，頭髮也白了些，而且一直咳嗽著。

「老師，妳的身體還好吧？要多注意一點……」媽媽問她。

「沒有大礙的。」老師帶著一種喜悅又像憂愁的笑容回答說。

「老師平常上課要用力發聲，為了這些小孩子，實在太勞累你們的身體了。」

的確，老師的聲音，從不曾這般虛弱，我還記得老師講話，總像連珠炮似的沒有停歇，弄得我們學生想要東張西望一下都不可能。她的記憶力很好，從沒有忘記自己所教過的學生，無論多久以前，只要是她教過的，她都還記得他們的名字。

聽說，每逢月考時，她都會到教務處去詢問他們的成績如何，有時還會站在門口，等學生來了就叫他拿出作文簿給她看，看看他進步到什麼程度了。一些已經念中學的學生，直到今天還常常會去找她。今天，老師是帶學生去參觀博覽會，回來的時候順道來我們家裡的。

老師還在教我時，每逢星期二，老師總會領著我們到博物館去，解說很多東西給我們聽。雖然老師今天看起來比那時虛弱了許多，可是談起學校的事情仍然非常起勁。

兩年前，我生過一場大病，在床上躺了很久，老師曾來探望過我。老師今天竟忽然說要看看我那時所睡的床。看了一會兒，她也沒說什麼，因為還要去探望另一個生病的學生，不能久留。她拿起課本要告辭時說，晚飯前有個商店的女老闆還要到她那裡學習算術呢！

「安利柯，」臨走前她對我說：「你到了能解決難題的時候，仍會那麼愛你以前的老師嗎？」說著，她親了我一下，出了門口，還在階梯上揚聲說：「不要忘了老師喔！安利柯！」

啊！親愛的老師！我怎麼會忘記您呢？將來就算我不得不變成大人，也一定還會記得老師，到學校裡來看望您的。無論到了何處，只要一聽到女老師的聲音，就會如同聽見您的聲音一樣，想起您教我的兩年裡種種的事情來。啊！那兩年，我從老師您那兒學會了好多好多的事！

那時老師雖偶爾身體不適，但仍是那樣愛護我們、教導我們。我們在求學上一旦有了不良的習慣，她就會非常擔心，我們表現好的時候，她又會以我們為榮。她就像母親一般的疼愛我們，這樣的好老師，我怎會忘記啊！

克勒西印象

昨天下午，我和媽媽還有雪兒姊姊三個人，送布給新聞報導中說需要幫助的那位窮婦人。我拿著布，姊姊拿著寫有那婦人住址姓名的紙條。我們到了一處簡陋的民宅，那裡有長長的走廊，沿廊有許多房間。我們走到長廊尾端的一個房間，敲了門。

門開了以後，走出一個臉色蒼白而瘦小的婦人來。

「妳就是新聞上說的那位婦人嗎？」媽媽問。

「呃，是的。」

「這裡有點布，請妳收下。」

那婦人非常高興，看著我們欲言又止，這時我瞥見一個小孩，在那沒有家具的幽暗斗室裡，背對著門，正靠著椅子好像在寫字，見那椅子上攤著紙，墨水擺在地板上。我想，在這樣黑暗的房子裡，怎麼能寫字呢？咦，那小孩一頭的紅髮，和他身上破舊的上衣，才聯想到那不就是克勒西嗎？當那個手有點不方便的克勒西在幫他媽媽收拾東西的時候，我忍不住把這個發現告訴了媽媽。

「噓，不要作聲！」媽媽說：「如果讓他知道自己的媽媽正在接受自己同學的施捨，他一定會覺得很難為情的。」

偏偏不湊巧，這時克勒西剛好回過頭來，我當場手足無措的站在那兒，克勒西不以為意的對著我笑了笑。媽媽推了我一下，我立刻走過去和克勒西打招呼，克勒西也站起來握我的手。

克勒西的媽媽對我媽媽說：「我和克勒西相依為命，他爸爸這七年來一直在美國，我又生了病。不能再挑菜去賣，家裡什麼東西都已賣光了，弄得這孩子讀書讀得這麼辛苦，連點盞小小的燈也沒辦法，眼睛都快要因為看書而看壞掉了，好在教科書、筆記簿都是政府送給我們的，總算勉強進了學校。他很喜歡到學校去的，但是……唉！」

於是媽媽把錢包中所有的錢都拿出來給了她，並親了一下克勒西，然後紅了眼睛走出來。她對我說：「安利柯啊！你看那個可愛的孩子，他在這麼艱苦的環境下，還這麼努力的用功，像你要什麼有什麼，還嫌讀書苦，唉，你看看，人家一天二十四小時所下的苦功，不知比你一年下來所有的努力還多出多少倍？多學學人家，他真是個好榜樣啊！」

一個呼喚所有小朋友的地方

安利柯：

我覺得這幾天你就像你媽媽所說的，不知怎麼開始有點退縮起來，從升上四年級以後，我還不曾看過你高高興興、勇勇敢敢的到學校去。但是我要告訴你：如果你不到學校去，你每天會很無聊，只要這樣過了一個禮拜，你一定會吵著要去上學；因為成天在外遊蕩嬉戲雖好，但每天千篇一律的嬉戲一定是會令人厭倦的。

世界上無論是誰，沒有一個人不在學習的。你想想看，很多人工作了一整天，晚上還不是到學校去上課？也有一些媽媽們學插花、學烹飪；軍人們出操演習了一天，回到營裡還不是要讀書嗎？就是盲人和聾啞也在學習種種的技能，甚至監獄裡的囚犯，也同樣在那裡學習讀書寫字，並進而修身養性，不是嗎？

每天早晨上學去的時候，你要這樣想：此刻，在這個城市裡，有三萬個小朋友和我一樣都正在上學的途中。同時，世界各地也有成千上萬的小朋友也都正在上學的途中。

有的正三五成群的經過清靜的田野，有的正行走在熱鬧的街道上，有的沿著湖畔孤單的走著，有一個走的，有兩個人並肩走的，還有成群結隊走的，他們穿著各種的服裝，說著各種的語言，從冰封的俄羅斯到滿是椰子樹的阿拉伯，到處都有成千上萬數不清的小朋友，正背著書包在做著同樣的事情，同樣都是要去學校上課。

你想像一下這無數小孩所組成的團體，再想像一下這大團體是怎樣在那裡不約而同的運作著！

你再想想，如果一旦停止學習，人類不就要退回野蠻的原始了嗎？能上進，能求知才是世界的進步，才是全人類的希望和光榮。

你要奮發上進，想像你是軍隊裡的士兵，書本是武器，整個世界就是戰場，勝利就是人類的文明。安利柯啊！不要做個膽小的士兵哦！

——爸爸

每月故事：少年愛國者

如果老師每天講課都像今天那樣有趣的話，我想我會更喜歡每天上學的！老師說，以後每個月都要講一個傑出少年的故事給我們聽，並且叫我們做筆記。以下就是今天的每月故事「少年愛國者」。

一艘法國輪船從西班牙的巴塞隆納開往義大利的熱那亞。船上的乘客有法國人、義大利人、西班牙人還有瑞士人。其中有個十一歲的少年，服裝襤褸，他總是避開人群，像個野獸似的盯著人看。

他之所以用這種眼神看人，也不是全無原因的。兩年前他被在鄉間種田的父母賣到戲班。戲班裡的人不僅打他、虐待他，而且還讓他挨餓。等到他學會把戲後，又被帶到法國、西班牙一帶表演，那些人就一直這樣折磨著他。

這個戲班到了巴塞隆納後，他實在受不了虐待與飢餓了，終於逃到了義大利領事館去請求保護。

領事見他很可憐，便安排他搭乘這艘船，並給他一封介紹信，叫他到熱那亞找那兒的出納官，意思是要送他回到殘忍的父母那裡去。

因為少年遍體鱗傷，身子又虛弱得很，且住的是二等艙，大家都好奇的看著他。偶爾有人和他講話，但他一個字也不回答，好像怨恨著所有人似的，這實在是因為他對人性早已失望到無以復加的地步了。

有三個乘客不斷探問他，他才開了口。他用一種兼具法國腔和西班牙腔的義大利話，大略的陳述了自己的經歷。這三個乘客雖不是義大利人，卻也聽得懂他的話，因此十分憐憫他，又因為喝了一些酒的關係，便給了他少許的錢，並繼續交談著。

這時，有大批的婦人從艙室走出來，聽了他們的對話，便到他面前，彷彿是故意要人們看見她們的善行，也故意拿出若干的錢擲在桌上說：「這些你也拿去吧！」

少年低聲答謝，把錢收入口袋裡，苦鬱的臉上才顯出了一絲歡喜的笑容。

他回到自己的床位，靜靜的一個人沉思著，有了這些錢，就可以在船上買點好吃的東西，慰勞一下這兩年來飢餓的肚子，到了熱那亞後，還可以利用這筆錢買件新衣換上，再說，能拿些錢回家，總比兩手空空回去的好，多多少少見到父母時的場面可以熱烈些。

就在他正夢想到得意忘形時，那三個旅客仍圍坐在餐桌旁邊聊天。他們一邊飲酒，一邊談著旅行中的所見所聞。

當他們談到義大利的時候，一個說義大利的旅館不好，接著另一個批評火車很差。酒越喝越多後，他們用詞就更不堪入耳了。一個說與其到義大利，還不如到北極去的好，另一個說義大利住的都是混混、土匪，竟然還有一個說義大利的官吏都是目不識丁的文盲。

「有夠愚蠢的人民！」其中一個說。

「簡直是下等人渣！」另一個說。

「強盜……」第三個人說。

但他的話未說完，忽然銅板就像冰雹一般落在他們的頭上和肩上，只見桌上、地板上到處滾著銅板，當場發出一種詭異而嚇人的音效。

三名旅客憤怒的同時抬起頭時，一把銅板隨即又被甩到他們臉上。

「統統拿回去！」少年從床上探出頭來怒吼，「我不會拿說我國家壞話的人的東西！」

第二卷　十一月

意外的結局

昨天下午，我到附近一所女子小學去。因為雪兒姊姊的老師說要看「少年愛國者」，所以我只好跑一趟。

那學校約有七百多人，我去的時候正好是放學時間，因為明天起接連有「萬聖節」、「萬靈節」兩個節日，所以學生們顯得都很快樂的樣子。

而我就是在那裡看到了一個極美的畫面。

學校的一個角落，站著一個臉孔烏黑的煙囪清潔工。他還是個小孩，只見他面向牆壁，用手托著頭啜泣。有兩三個女學生走過去問他怎麼了？為什麼哭？但他不說話，只是一個勁兒哭著。

「別哭了，快告訴我們，怎麼回事？你為什麼要哭？」女孩們再問他。

他才漸漸抬起頭來，哭著告訴她們說，他掃除了好幾處煙囪，好不容易才賺了三十個銅板，但這些錢卻不知什麼時候從口袋的破洞漏掉不見了，然後他指了指破孔給她們看，又說，如果沒有這些錢就不能回去了。

「師父會打我的！」他說，然後又開始哭了起來。

女學生們圍著他，同情的看著他，又有其他的女學生也背著書包走過來。

有一個戴帽的大女孩從口袋裡拿出兩個錢幣來說：「我只有兩個，再湊湊就好了。」

「我這也有兩個。」一個穿紅衣的女孩接著說。

「大家湊看看，三十個銅板應該很容易。」

只見大家原本用來買花或買筆記本的零用錢都拿了出來，連低年級的同學也熱情參與。八個、十個、十五個，但是還不夠，這時，來了一個像老師模樣的女士，她看了看小男孩可憐的模樣，然後二話不說就拿出十個銅板來。大家都好興奮，還差五個就湊滿三十枚了！

「五年級的學姊來了！她們一定有錢。」一個女生說。

果然，五年級的女生一到，銅板立刻多了起來。其他人也看熱鬧似的跑了過來。

一個可憐的掃煙囪男孩，被圍在美麗的衣裳、隨風搖動的帽羽、髮絲帶、圍巾之中，那種場景真是令人難忘。沒多久，三十個錢幣不但早已收齊，而且還有多呢！

沒有帶錢的低年級學妹，也擠在大女孩中將花束贈送給那小孩。這時，忽然有人說，校長來了！女學生們立刻像痲雀般一忽兒就飛散了，只剩掃煙囪的小男孩獨自站在馬路上，手裡握滿了錢，口袋裡、帽子裡都裝滿了花，還有許多的花在他腳邊遍散著，只見他一直擦著眼淚，但臉上卻滿是快樂的笑容。

感恩的心

安利柯：

你曉得萬靈節是什麼日子嗎？這是祭拜逝去的人的一個節日。小孩在這一天，都要紀念已死的人——特別應紀念那些為小孩而死的人。

從前死去的人有多少？而今天，又有多少人將要死去？你曾想過這些嗎？

不知道有多少做父親的因勞苦而命喪黃泉？不知道有多少做母親的為了養育小孩而鞠躬盡瘁？因不忍見自己的小孩陷於不幸，而絕望自殺的男子不知有多少？失去了自己的小孩，因此發狂而死的女人又不知有多少？安利柯，在這一天應該想想這許多死去的小孩啊！

你要想想，有許多老師因為太愛學生，在學校裡操勞過度，未老先衰因而死去了！你要想想，有許多醫生為了要醫治小孩們的病，自己被傳染了，最後莫名的死了！你要想想，在船難、饑荒、火災及其他非常危險的時候，有許多人將最後的一口麵包，最後的安全場所，最後逃生的繩梯，都讓給了幼小的孩童，自己欣然犧牲而從容瞑目了！

安利柯，像這樣死去的人，簡直多得數不完。世界各地的墓地，都長眠著成百成千這樣神聖的靈魂。如果這許多的人能夠暫時在這世界中復活，他們必定會呼喚那些被自己救過的小孩們的名字。

舉凡所有為孩童而殉身的許多無名英雄，在他們墓前所撒的花，光靠這大地，是無論如何也不夠生長出他們相對應得到的輝煌和豐盛的。

所以，安利柯，在萬靈節這天，要用感恩的心去紀念那許多逝去的人。這樣，你對於愛你的人，對於為你勞苦的人，才會更感親密，生活才會更有情味。

你真是個幸運的人啊！在萬靈節時，竟還沒有一個每當想起來就會令你泫然欲泣的人呢！

——媽媽

側寫甘倫

雖然只放了兩天假，但我感覺已經很久沒見到甘倫了。越和甘倫相處，越可以發現他可愛之處。不但我如此，大家都是這樣；只有幾個傲慢的同學嫌惡他，不和他講話，但那也是因為甘倫一向不受他們壓制的緣故。每當年長的同學舉起手來要打幼小的同學時，只要叫聲「甘倫」，想打人的同學自然就會縮手回去。

甘倫的爸爸服務於鐵路局。他小時候曾生過一段時間的病，所以入學較晚，在同學中他身材最高，力氣也最大，他能用一手舉起椅子來。他待人很好，有人求助於他，不論是鉛筆、橡皮擦、刀片，他都肯借給別人。

上課時，他不言、不笑、不動，像石頭般安坐在窄小的座位上，寬大的肩平伸著，把背脊向前傾著。

我去看他的時候，他總半閉著眼對我笑，好像在說：「喂，安利柯，我們大家都是好朋友啊！」

每次見到甘倫，我總忍不住有想笑的衝動；因為他身子長，手臂也長，上衣、褲子、袖子都嫌太短，至於帽子，那就更小得差不多要從頭上掉下來了。他的外套又露出裂縫，皮靴也是破的，領帶時常被搓扭得不成樣子。但他的相貌人見人愛，班上的同學都喜歡和他坐在一起。

他有一把大大的裁紙刀，這是去年陸軍野戰演習的時候，他在野外撿到的。有一次，他被這把刀傷了手，幾乎把指頭都切斷了。他的脾氣很好，不論人家怎麼嘲笑他，他都不會發怒，但是當有人說他說的話是假的時候，那就不得了，他會立刻火冒三丈，暴跳如雷得嚇人。

他也喜歡幫助別人。有個星期六早晨，他看見二年級有個小孩因掉了錢而不能買筆記簿，站在街上哭，於是就把錢給了他。他也很孝順，聽說有次他媽媽生日的時候，他費了三天工夫，寫了一封長達八頁的信給他媽媽，信紙的四周，還用筆畫了許多裝飾的花樣。

老師常注視著他，從他旁邊走過時，經常用手輕輕的去拍他的後頸，好像愛撫著一隻小牛的樣子。我好喜歡甘倫。當我握著他的大手的時候，感覺就像大人握著小孩的手一樣。我真的相信，甘倫是個能犧牲自己而救助朋友的人。這種精神，在他的眼神裡就能很明顯的看出，還有從他那粗啞的聲音中，我想誰都可以聽辨出他具有的優秀性情。

禍從口出

昨天諾琵斯對培諦說了不該說的話。若換成是甘倫，我想他絕不會這樣說的。

諾琵斯因為爸爸是上流社會人士，所以他平常就是一副傲慢的樣子。他爸爸是個留有鬢鬍且又安靜沉著的高個子紳士，幾乎每天都會陪著諾琵斯到學校來。

昨天，諾琵斯忽然和培諦吵了起來。培諦年紀較小，爸爸在賣炭。

諾琵斯因為自己無理，無話可辯，情急之下就說：「你爸爸是乞丐！」

培諦當場氣得臉都綠了，然後默不作聲，只是靜靜流著眼淚。後來他好像回去向爸爸哭訴。他那賣炭的爸爸，在下午上課時，就帶著他兒子到學校，把所有經過告訴了老師。

這時，諾琵斯的爸爸則正照例在門口替他兒子脫外套，聽見有人說起他的名字，就問老師說：「發生了什麼事？」

「你的小孩對這位先生的兒子說：『你爸爸是乞丐』。」老師回答說。

諾琵斯爸爸的臉立刻紅了起來，回頭對自己的兒子問：「你是這樣說的嗎？」

諾琵斯低著頭，站在教室中央默不作聲；於是他爸爸就捉起他的手，把他拉到培諦身旁說：「快去道歉！」

培諦的爸爸則很不好意思的樣子，連說：「算了，小孩子不懂事，吵吵架而已！」並想上前阻止，可是對方卻不答應，仍對諾琵斯說：「快說對不起！照我的話做。」只見培諦的爸爸感到不安，好像在那裡說「不敢當」的樣子；諾琵斯的爸爸則仍是堅持要諾琵斯道歉。

於是諾琵斯低著頭，斷斷續續的說：「我說了……你爸爸……非常……不禮貌的話，我……很後悔……請你……原諒我。對不起……」

諾琵斯的爸爸把手向培諦的爸爸伸去，兩人握著手大搖起來，相視笑了笑，並把兩個小男孩推近。「以後，就讓他們兩個坐在一起吧。」諾琵斯的爸爸這樣向老師請求。

老師就令培諦坐在諾琵斯的座位旁邊。

諾琵斯的父親等他們坐好後，就走了出去。

培諦的爸爸則注視著這並坐的兩個孩子，站著沉思了一會兒，然後走到座位旁，對著諾琵斯好像要說什麼，又好像很捨不得，又好像很對不起他的樣子，最後他什麼都沒說，只是張開了雙臂，好像要去抱諾琵斯，可是卻始終沒有去抱，只用他那粗大的手指，在諾琵斯的額上碰了一碰，等走出門口，還回頭向裡面一瞥，這才出去。

最後，老師對我們說：「今天的事情，大家不要輕易忘掉了，因為這是最好的機會教訓。」

弟弟的女老師

弟弟生病了，他的老師黛兒卡蒂來家裡探望他。大家在閒聊時，我才知道，原來，培諦從前也被她教過。老師講了一個溫馨而有趣的故事，逗得我們都笑了。

兩年前，培諦的媽媽，因為自己的兒子得到老師的鼓勵，感激之餘，便用很大的圍裙裝滿了炭，拿到老師那裡，當作謝禮，而無論老師怎麼推辭，她都堅持一定要送給老師，害得老師盛情難卻，感動得好想哭。

老師又說，還有一個家長，曾把錢塞在花束中送給她，讓她百思不解，哭笑不得。

老師的話，讓我們每個人聽得津津有味，十分入迷。而弟弟平日無論怎麼都不肯吃的藥，在老師哄騙下，這時也乖乖吃了。

後來，我想，教導一年級的小孩，實在是很辛苦啊！有的牙齒未全，像個老人，發音又發不好，有的會咳嗽，有的會流鼻血，有的被筆戳到手而哭叫著，有的則把習字帖的第一冊和第二冊弄錯了而爭吵不休。而要教會五十個小朋友寫字，更是一件不容易的事。

他們口袋裡什麼都藏，像什麼甘草、鈕扣、瓶蓋、碎瓦片等等的東西。老師要去搜他們的時候，他們還會藏到鞋子裡。老師的話他們常常有聽卻沒有懂，上課到一半，窗外飛進一隻蒼蠅來，他們也會吵翻天。

夏天的時候，有人捉了甲蟲放牠在教室中飛旋，有時落入墨水瓶中，還會把習字帖濺汙得都是墨水。

老師代替小孩的媽媽，替他們整理儀容，他們手指受了傷，要替他們裹繃帶，帽子掉了，要替他們撿起，要留心他們有沒有拿錯外套，還要盡心教導他們不要吵鬧，要懂禮節。當一個那麼小的小孩的老師真是不簡單啊！

可是，還有學生的媽媽要來學校吵鬧——說什麼「老師，我兒子的鋼筆為什麼不見了？」「我的兒子一直都沒有進步，究竟為什麼？」「我的兒子成績那樣好，為什麼得不到任何獎牌或獎狀？」「我們孩子的褲子被釘子刮破了，妳為什麼不想辦法把釘子除去呢？」

聽說這位女老師有時受了委屈，不知不覺就會咬自己的手指頭，好讓怒氣慢慢消失，難怪她的手看起來紅紅的。

老師還說偶爾她發了怒之後，常會感到非常後悔，就會去安慰剛才被她罵過的小孩。她曾把頑皮的小孩趕出教室後，自己卻含著淚，難過不已。有時學生的父母要責罰他們自己的小孩，不給他們食物吃，老師聽見了，總是會很不高興的去阻止。

老師年紀很輕，身材高䠷，衣裝整潔，很有活力。無論做什麼事都像彈簧般敏捷，是個多愁善感的大女生。

「妳真是個好老師，孩子們都非常黏妳耶！」媽媽說。

「剛開始是這樣的，可是一到學期快結束時，他們就大多不太理我了。愛護了他們兩年，一旦要離開，還真有點難過。那些孩子曾經和我如此親密，大概不會忘記我吧。心裡雖這麼猜想，可是一到假期結束以後，你看，他們回到學校時，個個都把頭擺向別處，假裝沒有看到我！」

老師沉默了片刻，又抬起她那閃爍著淚光的雙眼看著弟弟說：「但是，你不會是這樣的吧！你不會把頭向著別處吧！你不會忘記我吧！」

我的媽媽

安利柯：

當你弟弟老師來的時候，你對媽媽說了非常失禮的話，你知道嗎？我希望往後不要再有第二次了！我聽見你說那樣的話時，簡直是心如刀割！

我還記得幾年前你生病的時候，媽媽擔心你的病好不了，通宵坐在你床前，數你的脈搏，算你的呼吸，整日整夜擔心得一直在哭，我差點以為自己會發瘋了呢！因為你是我最疼愛的一個人。

一想到此，對你的將來，我也有點恐慌了起來。你會對自己媽媽說出這樣不該說的話，真是令人意外！我是為你擔所有的痛苦而不惜犧牲自己快樂，為要救你而不惜拿自己生命去交換的媽媽啊！

安利柯，你永遠都要記著——在你一生中，難免會遭遇到種種的艱苦，而其中最苦的一件事，就是失去媽媽。

將來你年紀大了，遍嘗了世間的冷暖辛酸，午夜夢迴時一定會輾轉思念媽媽的，即使只有一分鐘也好，只求上蒼能讓你再聽到媽媽的聲音，即使只有一次也好，但求能夠再在媽媽的懷裡像個嬰兒一樣的哭泣。

而到那時，你想起了自己曾對逝去的媽媽有過惡劣的臉色和說過不友善的言詞，真不知要掉下多次懺悔的眼淚啊！這不是很可悲的事嗎？

你如果現在讓媽媽痛心，那麼，你將一輩子受到良心的譴責！

安利柯，你要知道，母子之愛是人間所有感情中最聖潔美好的東西，破壞這感情的人實在是世上最不幸的人。人雖犯了殺人之罪，只要他仍敬愛自己的母親，心中仍保有那分孺慕之情，這個人仍算是有救的，而無論多麼有名的人，如果他是個使母親哭泣、使母親痛苦的人，那無異是個一無可取的人渣。

所以，對自己親生的媽媽，今後不該再說無禮的話了，萬一一時不小心說錯了話，你也該從自己心裡深深悔悟，主動到媽媽面前，請求原諒。

我是愛著你的，你在我心中永遠是最寶貝的，可是，如果你對媽媽不孝，我寧願還是沒有你的好。

——媽媽

樂觀進取的柯禮提

我和門房的兒子一起到河邊去散步。在河邊走著走著，到了一家門口停著貨車的小店前，聽到有人在叫我，回頭一看，原來是我的同學柯禮提。他正汗流浹背的扛著柴。站在貨車上的人抱了一捆木柴遞給他，柯禮提二話不說就把它統統搬到店裡去推放著。

「柯禮提，你在做什麼？」我問。

「你沒看見嗎？」他又扛起一堆木柴，「我正在複習功課耶！」他接著說。

我笑了，可是柯禮提卻認真的在嘴裡這樣念著：「動詞的活用乃在於單數與複數——這個『數』因人稱的差異而變化——」他放下了柴，並把它推好，同時嘴中仍在念：「又因動作而來的『時』而變化——」他走到車旁取柴，又說：「又因表現出動作的『法』而變化。」

我聽出來了，這是明天文法課的上課內容。

「我好忙哦！我爸爸出去了，我媽又生病了，所以我不能不做事，只好一邊做事一邊讀文法。這次教的文法好難哦，怎麼記都記不牢。我爸爸說七點鐘回來付錢。」他對貨車上的人說。

貨車開走了。

「進來坐坐吧！」柯禮提對我說。

我走進了他家裡，店面寬敞，堆滿了木柴，一旁還掛著秤。

「今天真是忙碌的一天，一直沒有空閒過。剛想寫作文，客人又來了。等客人走了之後，才想寫功課，剛才的貨車又來了。今天跑了柴市兩趟，現在整條腿還麻木得像棒子一樣，手也硬硬的，如果想作畫，一定也畫不好的。」說著又用掃帚去掃散在四周的枯葉和柴屑。

「柯禮提，你讀書的地方在哪裡？」我問。

「跟我來！」

他帶我到店後面的一間小屋裡，這房間幾乎是廚房兼餐廳，桌上擺著書冊、筆記簿，和作文稿紙。

「在這裡啊！我還沒有把第二題做好——『用皮革做的東西』有哪些？有靴子、皮帶……我非得再想出一個不可，嗯，皮包。」他拿起鋼筆寫著清爽的字。

「有人在嗎？」聲音自外面傳進來，原來是顧客上門了。

柯禮提一邊回答：「請進來！」一邊就奔跳了出去。只見他熟練的秤了柴，算了錢，又在壁角汙舊的賣貨簿上把帳記了記，然後又走進來。「我得快點把這題寫完了。」說完，他就拿起筆繼續寫著，「旅行袋，士兵的背袋——咿喲！咖啡好了！」他又跑到暖爐旁取下咖啡壺。

「這是給媽媽的咖啡。我已學會煮咖啡了。等一下你跟我一起到媽媽那裡，好不好？她一定會很驚喜的，這個禮拜她一直生病在床上。——呃，動詞的變化——我好幾次因這咖啡壺燙痛了手呢——士兵的背袋以後，寫些什麼好呢？——非再寫點東西出來不可——唉，一時想不出來——還是先到媽媽那裡去吧！」

柯禮提開了門，我和他一起走進一間小房間。他媽媽臥在寬大的床上，頭部包著白頭巾。

「安利柯，你來了？」柯禮提的媽媽看著我說。

柯禮提替媽媽擺好了枕頭，拉直了被，加上了些爐煤，趕走臥在箱子上的貓。

「媽，不想喝了嗎？」柯禮提從媽媽的手中接過杯子。「藥吃完了沒？等一下我再去一趟藥店拿藥。我把柴卸好了。四點鐘的時候，我會把肉燒好。賣牛油的如果有來，我會記得把那八個銅板還給他。家裡我都會弄好的，妳不必操心。」

「幸好有你在。去吧，凡事小心些。」他媽媽叮嚀完他，還要我吃顆糖再走。

柯禮提指他爸爸的相片給我看。他爸爸穿了軍服，胸前掛著勳章，據說是在擔任溫培爾托親王部下的時候照的。相貌和柯禮提如出一轍，眼睛也是活潑閃爍的，同樣有著快樂的笑容。

我們又回到廚房。

「有了！」柯禮提像忽然想到什麼似的，快速的在筆記簿上寫著，「馬鞍也是皮革做的——剩下的晚上再寫吧，看來今天又要熬夜了，安利柯，你真幸福，有寫作業的時間，還有這樣休閒的時間。」說著說著他又快活的跑出門外，將柴擱在臺上用鋸子一根一根鋸斷。

「這是我每天的運動之一，但是和體操可不同哦！我得在爸爸回來以前把這些柴鋸了，他才不會生氣。討厭的是，每次鋸完了柴，手的肌肉都不聽使喚，害我的字寫得歪七扭八像蛇一樣。

「但也沒辦法，只好照實跟老師說了。我只希望媽媽的身體快點好起來就好了！今天她已經好了許多，我真高興！明天天一亮，再起來預習功課吧。咿喲！柴又來了。我要去搬了！」

貨車裝滿了柴停在店門前。柯禮提邊走向車子，邊又回過頭來，「我不能陪你了。明天再見囉。你快去散你的步吧，你真是幸福啊！」

他把我的手緊握了一下，就去忙東忙西了，臉紅紅的像個蘋果，那種乾淨俐落的動作，讓人看了就爽快。

「你真是幸福啊！」他對我這麼說，但我卻覺得他才比我幸福呢！因為他既能用功，又有勞動的機會，同時他還能替他的父母分憂解勞。他比我要好上一百倍，勇敢一百倍呢！我的好朋友，柯禮提！

校長的心事

柯禮提今天在學校很興奮，因為他三年級時的老師到班上來做監考官。

這位寇帝老師高高壯壯的，一頭蓬蓬的鬈髮，目光炯炯，說話聲如洪鐘。他常會恐嚇小孩，說什麼要扯斷他們的手腳，把他們交給警察，有時候還會裝出種種可怕的臉孔。其實他是不會責罰小孩的，無論何時，他總在鬍鬚底下藏著笑容。

學校男老師共有八位，寇帝老師之外，還有一個像小孩子一樣的助教。

擔任五年級的老師走路一跛一跛的，平常總是圍著大圍巾，據說他在鄉下學校教書的時候，因為校舍潮溼，時間久了便得了風溼，於是變成現在這樣了。

五年級還有一位白髮的老師，據說以前曾做過盲人學校的老師。

另外還有一位總是穿著整齊，戴著眼鏡，留著好看落腮鬍的老師。他在教書的同時，自己還一邊抽空研習法律，並曾得過證書，因而得到一個「小律師」的綽號。他還曾寫過書呢！教體育的老師長得像是一位軍人的樣子，據說他曾經是格里巴第將軍的部下，脖子上還留著戰爭時的刀疤。

再來就是校長了，他高大且有點禿頭，戴著金邊的眼鏡，半白的鬍鬚長長的垂在胸前。平常他總穿著黑色的衣袍，發亮的鈕扣一直扣到頸上。

他是個很和善的先生，學生犯了規被叫到校長室時，他從不責罵學生，只是牽著孩子的手，耐心的開導他，叫他下次不要再做那樣的事，並且教導他，叫他以後一定要做個好孩子。因為他和善的態度和親切的言語，讓每個小孩走出校長室的時候，總是紅著眼睛，覺得比受處罰還要難過十倍，而校長就是有這個辦法。

校長每天都是第一個到學校的人，並且還和送孩子來上學的家長們閒話家常，放學時，別的老師都回去了，他還一個人留在學校，並且到處巡視，所以只要一看見校長那高大的身影，所有逗留在路上的小孩們，就會立刻作鳥獸散。校長每次都會用他那有點威嚴但又充滿了慈愛的面容，嚇住正在逃散的小孩們。

媽媽說，校長自從他的兒子因當志願兵而不幸死去之後，就不曾有過笑容了。現在校長室的桌子上，還放著他兒子的相片。校長遭到喪子之痛以後，曾經有過要辭職的打算，而且已將辭職信寫好，放在抽屜裡，但因為不忍和所有小朋友就這樣別離，一直猶豫著沒有下最後決定。

有一天，爸爸在校長室和校長談話，爸爸向校長說道：「辭職以後，日子不是更無聊嗎？」

這時，恰巧有一個家長帶著自己的小孩來見校長，請求他允許他的孩子轉學。校長看見那孩子，彷彿吃了一驚，將那小孩的面貌和桌上的相片對照了一下，打量了許久，拉著孩子靠近膝旁，托起他的頭，注視了一會兒，說了一聲「好吧」，然後他記下了姓名，叫他們父子回去，自己卻沉思了起來。

我爸爸又繼續說著：「校長一辭職，這些小孩怎麼辦？」

校長聽了，立刻從抽屜裡取出那分辭職書，撕成兩半說：「我辭職的念頭正式打消了。」

在國旗底下

校長自從他所愛的兒子在陸軍志願役中死去之後，課餘的時間，常常會出去看軍隊的通過。

昨天又有一個聯隊在街上通過。孩子們全聚攏在一起，輕和著樂隊的調子，用竹子或長尺敲擊書包，跟著拍子跳了起來，我們班的同學也聚在路旁。

甘倫穿了件小一號的衣服，嚼著一塊大麵包站在那裡看著，還有穿著很漂亮的華提尼，鐵匠店的兒子潘克錫，也穿著他爸爸的舊衣服站在那兒，格拉勃利亞少年、「小石匠」、紅髮的克勒西，相貌邪惡的伍藍地，還有那因救人而跛了腳的洛佩弟，大家都來了。

有一個跛了足的士兵經過時，伍藍地竟哈哈笑了起來，忽然人群中有人去抓伍藍地的肩膀，原來就是校長。

校長說：「笑什麼？嘲笑隊伍中的士兵，是件最可恥的事啊！」

伍藍地立刻羞愧得低下了頭。

士兵們分作四列行進，身上滿是汗水和灰塵，機槍在陽光底下閃亮發光。

校長對我們說：「你們一定要感謝這些士兵們，他們是保護我們的人，一旦有敵軍來犯時，他們就是在前線為我們去拚命的人。他們都還很年輕，再看看他們的面容，就知道他們來自全國各地，有西西里人，有那不勒斯人，有賽地尼亞人，還有隆巴爾地人。」

「來了！」甘倫叫著說。

飄揚的軍旗就在眼前士兵們的頭上了。

「注意！那三色旗通過的時候，大家一律行舉手注目禮！」

聯隊旗在我們面前通過，它已是塊破裂且褪了色的旗子，旗杆頂上掛著勳章。大家對著行進隊伍行了舉手注目禮，旗手對我們微笑並舉手答禮。

「各位真是難能可貴。」後面有人這樣說。我回頭一看，原來是位年長的退職士官長，他的肩上還掛著克里米亞戰役的從軍徽章。「難得！真難得！」他反覆的說。

這時候，樂隊已轉了方向，小孩們的喧鬧聲與喇叭聲此起彼落。

老士官注視著我們說：「難得，難得！從小就尊敬國旗的人，將來長大了一定是愛國的。」

那利的靠山

駝背的那利，昨天看完軍人行軍後，自怨自艾的說：「我這輩子大概是不可能當兵的了。」那利是個好孩子，成績也好，只是身體瘦弱了些，有時似乎連呼吸都有點困難。他媽媽也是個矮小蒼白的婦人。每當放學時，她總會來接那利回去。

起初，別的同學都會嘲笑那利，用書包去碰他那突出的背，但他無論被人怎樣戲弄，從來不曾反抗，最多只是靠在椅子上默默的掉淚，而且不會將被欺負的事告訴他媽媽。

有一天，甘倫實在看不過去，突然跳出來對大家說：「你們哪個敢再碰那利看看！我一個耳光就叫你們原地轉三圈！」

伍藍地不信邪，當真飽嘗了甘倫的一頓拳，而且還真的轉了三圈。從此以後，再也沒人敢欺負那利了。

老師知道這件事後，便把甘倫和那利安排同坐在一塊兒。兩人要好得很，那利每天到校時，一定會先看看甘倫到了沒？放學時也從不會忘了和甘倫說聲再見。甘倫也一樣，那利的鋼筆或書冊掉到地上時，甘倫會立刻彎下身去替他撿起，他還替他把書和文具放入書包裡，並且幫他穿上外套。

那利以甘倫為榮，聽見老師稱讚甘倫時，他就開心得如同有人稱讚自己一樣。後來，那利好像有把從前遭人戲弄、暗自啜泣，幸賴有一個同學保護他的事，告訴了他媽媽。今天在學校，老師把我叫到校長室去時，恰巧來了一位穿黑衣的婦人，原來她就是那利的媽媽。

「校長，有個名叫甘倫的學生，是我兒子的同學嗎？」

「對呀。」校長回答。

「我可以看看他嗎？」

校長便請校工去叫甘倫。不一會兒甘倫就跑來了。他不知道為了何事被叫來，臉上還正一副納悶的樣子。

那婦人一看見他就不停的親他的額頭：「你就是甘倫啊？你就是我兒子的死黨，幫助我兒子的就是你啊！你真是個勇敢的孩子！」說著，急忙用手去摸口袋，並在皮包裡翻找東西似的，然後，她從頸間取下掛著的十字架鍊子來，套在甘倫的脖子上，「來，就當作是我送你的紀念品吧！我會時時為你祈禱的！」

班長

甘倫令人覺得可愛，戴洛希則令人深感佩服。戴洛希每次都得第一名，以後每學期大概都是如此吧。沒有一個人可以超越戴洛希，他什麼都好，無論算術、作文、圖畫，他總是拔得頭籌。他有著驚人的記憶力，任何東西一學即會，凡事不費什麼力氣，學問對他來說，好像玩遊戲一般輕鬆。

老師昨天才對著他說：「上帝給你的恩賜，不要自己不珍惜啊！」

他身材高大，神情俊秀，金黃色的頭髮，蓬蓬的覆蓋著前額。他的動作敏捷，只要雙手一撐，就能輕鬆的跳過椅子。他才十二歲，卻早已精通劍術了。

他出身富裕家庭，經常穿著有金鈕扣的青色衣服，一副開朗活潑的樣子，待人總是和和氣氣的。班上沒有人會對他說無禮的話，只有諾琵斯和伍藍地曾經用白眼看過他，華提尼看他時，眼裡則是會閃著嫉妒的光芒，可是戴洛希卻絲毫不以為意。

他是班上的班長，來往座位間收成績的時候，大家都會去摸他的手以示友好。他從家裡得到的卡片，也都會拿來分贈給同學。同時他還畫了一張小小的格拉勃利亞地圖，送給那位從格拉勃利亞來的同學。他送東西給別人的時候，總是帶著微笑，令人覺得溫馨。

他不會特別偏愛哪一位同學，他為人處世向來一視同仁。有時候我功課拚不過他，但也不會覺得難過，其實，我和華提尼一樣嫉妒著戴洛希呢！

當我拚了命思索考題的時候，想到戴洛希此刻早已全部做完了，我不得不佩服他，但是又有一股莫名的氣。只是，隔天一到學校，見到他那秀美而微笑的臉孔，聽到他那可愛迷人的說話聲音，尤其是他那和藹可親的態度，只會令我所有的怨怒都在轉眼間消逝。

實不相瞞，我常覺得能和他一塊兒求學是件幸運的事，舉凡他的任何神情和聲音，好像都是我快活、喜悅、勇氣和信心的來源。

老師把明天「每月故事」的稿子交給戴洛希重新謄寫一遍。他謄寫時，好像有感於那演講的內容而邊寫邊臉紅著，眼眶隱隱有淚，嘴唇也微微在顫抖著。當時他的樣子真是純良正直極了。

在他面前，我幾乎只想這麼說：「戴洛希！你什麼都比我高強，我佩服你，而且崇拜你！」

每月故事：少年斥候

一八五九年法國和義大利因救隆巴爾地而兩國聯軍與奧地利作戰，並曾打敗奧軍好幾次。

六月一個晴朗的早晨，義國騎兵隊正徐徐前進，他們正在執行著偵察敵情的任務。這個騎兵隊是由一個士官和一個軍官指揮著，大家都噤著聲，注視著前方，探看有沒有敵軍前哨的光影。一直到了樹林裡的一家農舍門口，赫然看見一個約十二歲左右的少年，正在那裡用小刀切削樹枝作杖棒。

農舍的窗前飄著三色旗，但是裡面早已空無一人，因為農家害怕敵軍來襲，所以紛紛插了國旗就逃難去了。

少年看見騎兵來，就放棄手邊的工作舉起帽子。他是個活潑而且相貌堂堂的孩子，只見他脫了上衣，露出胸膛。

「你在做什麼？」這位士官停下馬，問他：「為什麼你不和你的家人一起逃走呢？」

「我沒有家人，我是個孤兒，但我替人家做點事，因為想看看打仗的情形，所以留下來沒有走。」少年答說。

「有見到奧國的部隊經過嗎？」

「沒有，這三天都沒有見到。」

士官沉思了一下，下了馬，命令士兵們注意四周，自己則爬上農舍的屋頂去。可是那屋頂太低了，望不見遠處，於是士官又下來，心想非爬上大樹去不可。農舍前面有一棵大樹，樹梢上的葉子還在風中飄動著。

士官考慮了一會兒，在樹梢和士兵的臉孔之間來回打量，忽然望向少年，「喂！孩子，你眼力好嗎？」

「眼力嗎？一哩外的雀兒都看得見！」

「你能爬上這棵大樹嗎？」

「爬樹？當然，我保證不到三十秒，我就爬上去了！」

「那麼，孩子，你上去替我望望前面有沒有敵軍的蹤影，或炊煙、刺槍的反光什麼的！」

「就這樣嗎？」

「應該給你多少錢？」

「不要！我喜歡做這件事。如果是敵人叫我做，我才不肯呢！為了國家我才肯如此的。我也是隆巴爾地人哩！」少年微笑著回答。

「好吧，那麼你上去看看。」

「讓我脫了皮鞋。」

少年脫了皮鞋，把腰帶束緊後，將帽子扔在地上，三兩下就攀向樹幹上去。

「當心！」士官擔心的叫，少年用他那褐色的眼回過頭看士官，似乎在問他「還有何吩咐」。

「沒有什麼，你上去吧！」

這個少年就像貓一樣輕鬆的爬上樹去了。

「提高警覺！」士官對著士兵們喊話。

少年已爬上樹梢，話說他的下半身雖被樹葉遮住了，但上身卻可從遠處清楚望見。他那蓬蓬的頭髮，在陽光中閃成金黃色。樹真的太高了，從下面望去，少年的身體變得好小。

「一直往前面看！」士官叫著說。

少年於是用右手遮住陽光，向前方遠眺。

「有看到什麼嗎？」士官問。

少年對著下面用手圈成筒狀說：「有兩個騎馬的在路上。」

「離這兒多遠？」

「約有半哩吧。」

「在移動嗎？」

「只是站著。」

「還看見什麼別的？向右邊看。」

少年向右方望，「接近墓地的地方，樹林裡好像有什麼亮晶晶的東西，大概是刺槍之類的吧！」

「有沒有看見人？」

「沒有，可能都躲在稻田中了。」

這時，「咻」地一聲，子彈從空中飛掠而過，落在農舍後面。

「下來下來！你已經被敵人發現了，好了，快下來！」士官緊張的叫著說。

「我不怕。」少年回答。

「下來！」士官又叫，「左邊沒有看見什麼吧？」

「左邊——」

少年把頭轉向左邊去。說時遲那時快，這次有一種比上次更尖銳的聲音從少年頭上掠過。少年一驚，不覺叫說：「他們開始向我射擊了。」

子彈從少年身邊「咻咻」的飛過！

「趕快下來！」士官著急的叫他。

「等會兒，我躲到樹葉裡，不要緊的。你是說要看左邊嗎？」

「不要看了，快下來！」

少年把身體轉向左方，大聲的說：「左邊有廟的地方……」話猶未完，又一聲很尖銳的聲音穿過空中。少年忽然搖搖晃晃，底下的人還以為他正要靠在樹幹，不料他卻是張開了手臂，整個人就像石塊似的直直落了下來。

「完了！」士官大叫著跑上前去。

少年仰天橫躺在地，伸直了兩手一命嗚呼。軍官與兩名士兵也立刻從馬上飛跳下來。士兵伏在少年身上，解開了他的襯衫，只見子彈正中他的右肺。「沒希望了！」士兵嘆息著說。

「不，還有氣呢！」軍官說。

「唉！可憐！真是難得一見的孩子！」士官用手壓住傷口，少年兩眼微弱的最後一睜，然後頭向一邊垂下，就此完全斷了氣。

士官臉色蒼白的對少年看了看，隨即把少年的上衣鋪在草地上，將他的屍首橫擺在上。其他的人在一旁也靜默不語。別的士兵則注意著四周的動靜。

士官忽然一轉念，走過去把窗口上的三色旗取下，覆在屍體上當作屍衣，軍官則集攏了這個少年的皮鞋、帽子、小刀、手杖等放在旁邊。

他們默哀了一會兒。

士官向軍官說道：「這孩子可以視同作戰而死，為國捐軀，我們就用軍禮來葬他吧！」接著，向少年的屍體行了最敬禮，然後全體才上了馬繼續前進。

日落時，義軍前鋒全線向敵方行進，數日前把桑馬底諾小山染成血海的射擊隊，正從今天發生事件的地方經過。少年為國犧牲的消息在他們出發前就已傳遍全隊，於是走在前面的軍官，見到大樹下用三色旗覆蓋的少年時，不約而同皆舉起了劍表示敬意。

一個將軍甚至俯下身摘取河邊綻放的花朵，灑在少年身上，全隊的士兵也都模仿的照做。轉眼間，少年已長眠在一片花海中了。

將軍率領大家齊聲喊說：「勇敢的隆巴爾地少年！義大利以你為榮！」

有個將軍還把自己掛著的勳章擲了過去，草和花就像下雨般的不斷落在少年的腳下、染著血的手臂上、金黃色的頭髮上。

少年被國旗包裹著橫躺在草地上，露出一張蒼白而安詳的臉，像是聽到了這麼多人對他的稱讚，深深以能為國殉身而驕傲！

施比受有福

安利柯：

像隆巴爾地少年的為國捐軀，固然是值得效法的行為，但你也不能忽略了除此之外，其他一些不可不為的小善行哦！

今天你在我的面前走過街上時，有一個抱著瘦小蒼白的小孩的女乞丐向你討錢，而你卻什麼都沒給她就走開了。我想，你的口袋裡應該有零用錢吧，不是嗎？

安利柯，好好聽著，不幸的人伸出手來求乞時，我們不該視而不見，尤其是對那些為了自己的孩子而出來乞討的母親，你更是不該這樣。這個孩子或許正飢餓著，如果真是這樣，那做母親的是多麼難過啊！

假設媽媽不得不對你說「安利柯啊！今天媽媽拿不出東西給你吃了。」的時候，你想，那時，媽媽心裡的感受是多麼不好受啊！

施捨給乞丐一枚銅板，他會真心的感謝你說：「神一定會保佑你和你家人的健康。」聽到這樣的祝福，那種快樂一定會是你從未感受過的。那種來自真誠祝福的言語，我想，的確是可以讓我們健康的。

爸爸每當從乞丐那兒聽到這種話時，反而覺得應該感謝乞丐，覺得乞丐所回報我的，比我所給他的更多，也因此，常能這樣抱著快樂的心情回到家裡。所以，今後你再碰到無依的盲人、飢餓的母親、無父無母的孤兒時，一定要從錢包中拿些錢分給他們。

你看，在學校裡就有很多貧窮的小孩，而他們最歡喜的莫過於小孩的施捨了，因為大人施捨他們時，他們會覺得比較丟臉，但從小孩身上得到東西不會有太大壓力。大人的施捨不過只是慈善的行為，但小孩的施捨除了慈善外，還有著親切的意義，你懂嗎？

你要想想，你什麼都不缺乏，而這世上還有許多缺這缺那的人；你在要求奢侈豪華的生活時，而世上還有多少但求不死就已滿足的人！

你再想想，在充斥了許多殿堂車馬的都會城市中，在穿著美服的小孩子裡，竟還有這種沒東西可吃的女人，正抱著自己小孩飢餓的在外頭乞食，你想想這是何等令人寒心的事啊！

在這繁華的城市中，有許多資質不錯、才能也夠的小孩，卻窮得沒東西吃，像荒野的鳥獸一樣在餓著肚子！

安利柯，從今以後，如果再遇到有乞食的母親和小孩，不要再不給錢就逕自走開了哦！

——爸爸

第三卷　十二月

精明的卡洛斐

今天卡洛斐來訪，就是那個身材瘦長、長著鷹鉤鼻、天生一對聰明眼睛的同學。他家是開雜貨店的，說起來，他還真是一個怪胎哩！他口袋裡總是帶著很多零錢，而且他數錢的本領可真不是蓋的，算錢的速度無人能及，而且他又會儲蓄，無論在任何情況下，絕不輕易用一毛錢。即使有一塊銅板掉在座位下面，要他花一個星期的工夫來找，他也會費盡心思直到找到它才肯善罷甘休。

不論是用舊了的鋼筆、鉤針、點剩的蠟燭或是舊郵票，他都會好好的收藏起來。他收集舊郵票已經有兩年的時間，現在可能已經有好幾百張了，貼在一本大大的集郵冊上，各國的都有，他說等有天貼滿了他就要拿去賣給書店。

他在學校裡，也經營著各種「買賣」，有時他向別人買東西，有時則是他賣東西給別人，有時拿東西和別人交換，交換以後，他有時會懊悔，便會轉售出去。他對於投資賺錢的遊戲相當在行，收集了一定數量的舊報紙，他就拿到紙菸店裡去賣錢。他隨身帶著一本小冊子，任何帳日都詳細的記在裡面。在學校，除了算術以外，其他的科目他就不行了。

他雖然是這樣的一個人，我卻很喜歡他。今天，我和他玩買賣估價的遊戲，他熟悉各種物品的市價，甚至擅長摺疊包裝紙袋，恐怕一般商店裡的夥計也比不過他呢。他說離開學校後，要去經營一種新奇的商店哩。我送了他四、五張外國的舊郵票，他高興得都跳起來了，他還說明了每張郵票的賣價給我聽，我們就這樣玩著。爸爸雖在一旁看報紙，卻靜聽著卡洛斐的每一句話，看老爸那個樣子，似乎也聽得滿有興趣似的。

卡洛斐的袋子裡裝滿了各式物品，外面用了長長的黑套子罩著。他平時總是一副商人樣子，在心裡盤算著賺錢這檔事。他最看重的要算是那本集郵冊了，那好像是他最寶貝的資產，平日裡，他不時和人談到這玩意兒。

大家都罵他吝嗇，說他是重利輕義的人，但我卻不知道自己為什麼不討厭他。其實他教了我很多的事情，儼然像個大人一般。柯禮提說，就算卡洛斐有一天必須用那集郵冊救他媽媽一條命的時候，他也不會輕易放棄那集郵冊的。但爸爸卻說柯禮提是在開玩笑，他不相信這話。

爸爸說：「不要隨便論斷一個人，那孩子雖然心胸不夠寬大，但也有他的優點啊，譬如他很親切又有商業頭腦，這些都值得我們學習。」

虛榮心的背後

昨天和華提尼，還有他爸爸三個人，一同在華麗街散步時，看見施泰勒利站在書店的櫥窗外研究著地圖，他是那種無論在何處都會用功的人。我們和他打招呼，但他只把頭一點就算打了招呼，好沒意思哦！

華提尼穿著一雙繡花的摩洛哥皮長靴，繡花的衣裳，戴著一頂白海貍的帽子，還掛著懷錶，昂首闊步的走在街上。

可是昨天的華提尼，卻也因這一身華麗衣服而受了一個很大的教訓！因為他爸爸走得很慢，我們兩個就在路邊的石凳上坐下來等他。

話說當時，那裡也坐了一個少年，看起來好像很疲倦，垂著頭在沉思。華提尼就坐在我和那少年的中間，他忽然想起自己的服裝是這樣的漂亮，忍不住就想向那少年誇耀一番，於是舉起腳來對我說：「你看見我的軍靴了嗎？」

其實他是要給那少年看的，但意外的是，那少年毫無反應。華提尼無趣的放下了腳。

接著華提尼又指指自己身上的鈕扣給我看，順便把眼瞟向那少年說：「這衣扣根本不合我意，我想換成銀的。」但那少年仍然一看也不看。

然後，華提尼又將那白海貍的帽子像玩把戲一般的，繞在手指頭上一直打轉著，那少年仍然不瞧他，好像這些東西他都看不在眼裡。

這下華提尼生氣的把懷錶拿出來，彈開錶蓋子後，叫我看裡面的機械。那少年仍然不動如山，我問：「這是鍍金的吧？」

「才不呢，這可是真金的哦！」華提尼答說。

「不是純金的吧？」

「是純金的！」華提尼說著說著就把懷錶送到少年面前，對著他說：「你看！」

「我不知道。」那少年淡然的說。

「喲！你這個人滿酷的嘛！」華提尼這下生氣了，不禁大聲的說。

剛才華提尼的爸爸這時走了過來，他正巧聽見了華提尼說的那些話，他向那少年仔細注視了一會兒，馬上面帶厲色的對自己的兒子說：「你給我住口！」然後湊近兒子的耳朵旁，「他根本看不見，你難道也瞎了嗎？」

華提尼驚訝的跳了起來，十分惶恐的去細看了少年的面孔，手在他眼前揮了兩下，只見那眼珠宛如玻璃，果然是什麼都看不見。

頓時，華提尼覺得羞愧極了，默默的注視著那個不知名的少年，過了一會兒，才非常難為情的說：「對不起，我不知道……」

盲眼少年好像明白發生在眼前一切的事情，他用了一種親切而略帶悲哀的聲音說：「沒關係！沒什麼。」

華提尼雖然喜歡賣弄他家的錢財，但他並沒有惡意，我知道的。

為了這件事，他在回家的路上一直都不曾再開口笑過。

初雪

我暫時不會想再到華麗街上玩了，因為現在，我們美麗的朋友來了——初雪！

從昨天傍晚，雪花就大片大片的飛舞下來，今早更堆積得滿街遍地都是。

雪花在學校的玻璃窗上片片撲打著，窗框周圍也堆積了起來，越看越有趣，連老師也忍不住朝外頭瞧。一想起堆雪人、打雪仗、晚上圍著爐火談有趣的故事等等，大家都無心上課了。只要施泰勒利仍在認真的學習，絲毫不管下雪的事。

放學回家的時候，大家都高興得大呼小叫，蹦蹦跳跳的走，或是手抓著雪，或是在雪中跑來跑去。來接小孩回家的家長們拿著的傘，上面也白花花的鋪了一片，警察的帽子上也是，我們的書包，轉眼間也變白色的了。

大家都高興得像發了狂，從來沒有笑臉迎人過的潘克錫今天也笑了，洛佩弟也拄著枴杖一跳一跳的跑來湊熱鬧，從來沒接觸過雪的寇拉西，更是把雪揉成一團像桃子一樣的在吃著呢！克勒西則天真的把雪裝到書包裡去。最好笑的是「小石匠」了，我爸爸叫他明天來家玩的時候，他正滿嘴含著雪，吐不出也嚥不下，只能一愣一愣的看著爸爸的臉孔，大家見了都捧腹大笑了起來。

女老師們也都跑了出來，好像很興奮似的。教我一年級的那個可憐多病的老師，也咳嗽著跑了出來。女學生們帶著尖叫衝了出來，在鋪了毛毯般的雪地上跳躍，圍著圈圈打轉，老師們雖然叫著說：「快回去，快回去！」但他們看了在雪中狂喜雀躍的學生們，卻也都是面帶著微笑。

安利柯啊，冬天來了固然令人快樂，但你不要忘了，這個世上還有許多無衣可穿、無火取暖的小孩啊！

有些孩子因為想要讓上課時暖和些，在迸出了血、凍傷的手中仍拿著許多木柴走到遙遠的學校裡去。而在這個世界上，學校被整個活埋在雪中的事時有所聞，在那種地方，小孩都顫抖著牙根，看著不斷降下的雪，抱著恐懼的心，要知道，那雪一積，多半會從山上崩塌下來，最後連房屋也會被壓垮的。

你們因為冬天來了而高興，但千萬不要忘了冬天一到人間，就有許多人在煩惱又要停課而沒書念了！

——爸爸

話說小石匠

今天，「小石匠」到家裡來。他穿著他父親穿過的舊衣服，渾身都沾著石粉和石灰。他依約到了我們家，我好高興，爸爸也一樣。

他真是一個好玩的人。一進門就脫下被雪打溼了的帽子，塞在口袋裡，然後一張蘋果樣的臉孔晃來晃去打量著房子四周。等走進飯廳，又把周圍的陳設欣賞了一會兒，當他看到那一幅駝背的滑稽畫像時，他終於露出他的招牌表情來，他那兔寶寶臉，任誰見了都會忍不住笑得人仰馬翻。

我們玩積木的遊戲，「小石匠」對關於築塔造橋方面的東西相當有天分，一遇到了這類的事情，他就會堅忍不拔的認真去做，樣子像個大人似的。他一邊玩著積木，一邊告訴我他家裡的事情。

據說，他家是住在人家的閣樓上，爸爸晚上在念補校，媽媽在替人家洗衣服，我猜他爸媽一定非常愛他。他衣服雖舊，卻穿得很多，所以看起來挺溫暖的，破了的地方，也都很仔細的縫補過，像領帶那種東西，如果不是經過媽媽的手，絕不可能打得那樣整齊好看的。他身材不大，但他爸爸是個高大的漢子，進出家門，都需要彎著腰，平時叫他兒子都是叫「小兔崽子」。

下午四點的時候，我們坐在安樂椅上，吃著牛油麵包。等大家離開了椅子以後，我看見「小石匠」上衣沾著的白粉帶到椅背上了，正想用手去擦，但不知為什麼，爸爸忽然拉住我的手，過了一會兒，爸爸自己卻偷偷把它擦拭掉了。我們在玩遊戲時，「小石匠」上衣的鈕扣掉了一個，媽媽立刻替他縫補，「小石匠」卻羞紅著一張臉乖乖在旁邊看著。

我把所有漫畫書都拿給他看，他看著看著不覺又裝出漫畫人物的表情來了，引得爸爸也大笑出來。他回去的時候，可能是太高興了，以至於忘了戴上他的破帽子。我送他出門，他又裝了一次兔臉給我看，當作告別，「小石匠」的名字叫安東尼奧，今年虛歲九歲。

安利柯啊！你要去擦椅子的時候，我為什麼阻止你，你知道嗎？

因為在朋友面前這樣做無異是暗示他：「你為什麼把我家椅子弄髒了？」你知道他並不是有意要弄髒的，而且他衣服上所沾的東西，是他父親工作時沾來的。凡是從工作上帶來的，絕不是齷齪骯髒的東西，不管它是石灰、是油漆或是灰塵，不勞動不會產生這些東西。

以後你若再見到努力工作的人，絕不是說：「哦！好髒啊！」而是說：「他身上有著勤奮者的痕跡。」你不要把這忘了！你應該對「小石匠」更好些，一則，他是你的同學，二則，他是個工人的兒子。

——爸爸

雪球的故事

雪還是不斷的下著。

今天從學校回來的時候，見到小孩們一到街上，就將雪揉成像石頭般硬的小雪球互相丟擲，當時有許多路人正從旁邊走過。當中有人勸說：「不要丟了！你們這些頑皮鬼。」就在這時，忽然聽見一聲慘叫，跑過去看時，已有一個老人掉了帽子，雙手遮住臉，在那裡緩緩的爬著。一個少年站在旁邊叫著：「救人啊！救人啊！」

人們從四處跑來，原來那老人被雪球打傷了眼睛！小孩們立刻作鳥獸散，當時我和爸爸正站在書店門前，向我們這邊跑來了一大票小孩。嚼著麵包的甘倫、柯禮提、「小石匠」和卡洛斐都在這裡面，這時，老人已被人圍住，警察也趕來了。大家都紛紛問說：「是誰丟的？」

卡洛斐站在我旁邊，臉色蒼白，身體顫抖著。

「誰？是誰？是誰丟的？」人們叫著說。

甘倫靠過來，對著卡洛斐低聲說：「喂！快過去承認，否則待會兒會更慘哦！」

「但是，我並不是故意的。」卡洛斐聲音顫抖的回答。

「你雖然不是故意的，但是你還是要負責任呀。」甘倫說。

「甘倫！我不敢去。」

「來！我陪你去。」

警察和圍觀者的叫罵聲越來越大了。「是誰丟的？眼鏡都碎了，鏡片還割傷了眼睛。搞不好會變成瞎子呢。丟他的人真是該死！」

這時的卡洛斐腿軟得幾乎就要跪倒在地上了。

「來！我來替你想辦法。」只見甘倫捉著卡洛斐的手臂，像扶病人一樣的拉他過去。群眾見了這情形，也猜測到闖禍的是卡洛斐，有的竟捏緊了拳頭想打他。甘倫把他們推開了。「你們這麼多大人要欺負一個小孩嗎？」人們聽了這話才住手。

警察捉住卡洛斐的手，推開眾人，帶他到那受傷老人的家。大夥也緊隨在後。一看，原來那受傷的老人就住在我們家樓上。此時的他躺臥在椅子上，用手帕蓋著眼睛。

「我不是故意的。」卡洛斐用一種聲細如蚊的聲音顫抖的說著。圍觀者中，有人擠進來大叫：「你這臭小子，還不趕快跪下來認錯！」硬把他推倒在地上。

這時，有一個人將卡洛斐抱住，說：「各位！不要這樣。這小孩已經知道錯了，不要再責罰他了，你們沒看見嗎？他還是個小孩子。」那人就是校長。

校長對卡洛斐說：「向老先生道歉！」卡洛斐眼中忽然迸出淚水來，前去抱住老人的膝蓋，老人伸出手來，摸了摸卡洛斐的頭。大家見了都說：「沒事了，回去吧。以後小心點！」

爸爸在回家的路上對我說：「安利柯啊！如果當時是你，你會勇敢說出來，敢做敢當嗎？」

我回答說：「我想我會的。」

爸爸又再問我：「你現在能對我發誓，你說得到就做得到？」

我說：「嗯！我發誓，我說到做到，爸爸！」

溫柔的女老師

卡洛斐很擔心老師要責罰他，所以今天一直忐忑不安。不料老師今天缺席了，連助教也不在學校，由一位名叫克洛爾，年紀有點大的女老師來代課。

這位老師有兩個很大的兒子，其中一個正生著病，所以她今天的臉色一直不是很好。同學們一見到是新的女老師就起鬨了，老師用和婉的聲音說：「你們沒有看見我頭上的白頭髮嗎？我現在不但是你們的老師，甚至可以當你們的媽媽了呢？」於是大家都靜了下來，唯有那厚臉皮的伍藍地，還在那裡跟老師開玩笑。

我弟弟的級任老師黛兒卡蒂，到克洛爾老師所教的班級去了，而那個綽號叫「尼姑」的女老師，代上黛兒卡蒂老師教的那班的課。

話說這「尼姑」女老師平時總愛穿黑色的衣服，是個皮膚白皙、頭髮光亮、目光炯炯有神且輕聲細語的人。無論何時，她都好像是祈禱般安靜，性格很溫柔，總是用一種細小的聲音在說話，讓人幾乎聽不清楚，大聲說話和動怒對她而言，似乎都是不可能的事，雖然如此，但只要她稍微舉起手叫同學不要講話，不管多麼頑皮的小孩，都會立刻低頭聽話，一時之間，教室中全然像寺院般寂靜，所以大家都稱她作「尼姑」。

另外，還有一位女老師也是我喜歡的，那就是隔壁班教室裡的年輕女老師，她的臉好像薔薇般紅嫩，頰上永遠有著兩個小酒窩，小小的帽子上插著紅羽毛，脖子上的項鍊懸著金黃色的小十字架。她個性活潑，學生們也被她調教得很活潑。她說話的聲音像銀鈴般滾動，聽起來就像在唱歌。

有時同學太吵，她就拍手好讓他們安靜下來。放學時，她會像小孩般的跳著走出去，替學生們整頓隊伍，幫他們戴好帽子、穿好外套和幫他們扣好扣子，教他們不要傷風感冒了。她又唯恐他們在路上爭吵，於是一直送他們出了街道。

如果見到小孩的爸爸，她會教他們在家裡不要打弟弟妹妹，見到小孩咳嗽，她就會把藥送到，傷風的時候更是把手套借給他們。年幼的小朋友纏著她，或是親吻她，或去抓她的帽子，拉她的外套，吵嚷著她，她也從不生氣，總是微笑著不厭其煩的回答他們的問題。她回家的時候，身上不論衣服或是其他地方，都早已被小孩們弄得這裡髒一塊那裡破一個洞，但她仍是一臉愉快的走出校門。此外，她還在另一頭的女校教女學生繪畫，據說她得扶養媽媽和一個弟弟，在我心目中，再也沒有人比她更好了。

我想我這一輩子都不會忘記這些老師的好。

比生命更貴重的禮物

今天早上才替老師謄寫好下禮拜要用的每月故事「少年筆耕」，爸爸就說：「我們到五樓去看看那受傷的老先生吧，看他的眼睛好點沒？」

我們走進了那暗沉沉的屋裡，老人正高枕臥著，他的妻子坐在旁邊，陪著姪子在屋裡嬉戲。老先生看見了我們，很高興的請我們坐，說眼睛已經好了許多，再過四、五天就可以完全好了。

「我這只不過是輕傷而已。唉！那個孩子現在一定還很自責！」老先生說。這時門鈴響了。

他的妻子說：「醫生來了。」便前去開門，但來的卻是卡洛斐。他穿著長外套，站在門口低著頭好像不敢進來。

「誰呀？」老先生問。

「就是那丟雪球的孩子。」爸爸說。

老先生聽了，「哦！是你啊！請進來！你是來看我的嗎？我已經快好了，你不要再難過了。快進來坐！」

卡洛斐好像沒看見我們在這裡，他帶著快要哭的表情走近老先生的床前。

老先生摸著他說：「回去的時候，告訴你爸媽說，我復原的情形很好，請他們不必擔心。」

卡洛斐站在那兒不動，似乎還有話要說。

「你還有什麼事嗎？」老先生說。

「我……」

「回去吧。不要擔心了！」

卡洛斐剛走出門口，忽然從外套裡面拿出一樣東西交給那老先生的姪子，並低聲的說了一句：「這給你！」就一溜煙不見了。

那姪子將東西拿給老先生看，包裝紙上寫著「送給你」三個字。打開包裝紙一看，我不禁大吃一驚。因為那東西不是別的，正是卡洛斐平日費盡心思，像寶貝一樣珍愛著的集郵冊。現在，他竟把那比自己生命還要重視的寶貝拿來當作回報老先生的禮物，讓我十分驚訝和感動，因為在場的人，只有我知道那集郵冊對卡洛斐的意義。

每月故事：少年筆耕

敘利亞是小學五年級的學生，十二歲，是個黑頭髮白皮膚的少年。他父親在鐵路局當雇員，敘利亞底下還有許多弟妹，一家生活得很清苦，經濟也很拮据。但他的父親一點也不以兒女為累贅，仍全心的愛著他們，對敘利亞更是好得不得了，唯有對他的課業，他會毫不放鬆的督促著。因為他想讓他畢業以後，得到較好的工作，才能幫助一家的生計。

他父親年紀大了，而且因為一生辛苦討生活，容貌顯得格外風霜而蒼老。由於一家生計全扛在他肩上，他除了白天在鐵路局上班之外，又從別處接了書件回來抄寫，每晚伏案抄寫到很晚才睡。最近，某雜誌社託他書寫寄給雜誌訂戶的封條，這可是得用大大的正楷字寫，抄寫五百分可得六角。這工作令他父親感到相當吃力，於是常常在餐桌上對家人訴苦。

「我的眼睛快受不了，這個兼差工作可真要了我的老命！」

有一天，敘利亞就對他父親說：「爸！我來替你寫吧。我也能寫得和你一樣好哦。」

但是父親並不答應，「你好好用你的功就好了，就算只有一小時，我也不願用到你的時間。你的孝心我了解，但我絕不願耽誤你念書的時間，以後不要再說這種話了。」

敘利亞向來知道父親的個性，所以當時他也沒有很堅持，只是在心底盤算著。他每晚夜半總聽見父親停下工作回到臥房裡去。有好幾次，十二點鐘一敲過，立刻聽到椅子向後拖的聲音，接著就是父親輕輕的走回臥房的腳步聲。有一天晚上，敘利亞等父親睡了後，悄悄的穿好衣服，走進父親寫字的房間把燈點亮。案上擺著空白的條紙和雜誌訂戶的名冊，於是敘利亞拿起筆，模仿著父親的筆跡寫了起來，心裡既興奮又有點緊張。

寫了一會兒，條子漸漸積多，擱下筆把手搓一搓，提起精神再寫。他一面微笑動著筆，一面又側耳聽著動靜，怕被父親發現。寫了一百六十張，算起來約值兩角錢了，方才停止，把筆放在原處，熄了燈，躡手躡腳的回到床上去睡。

第二天午餐時，父親一臉愉悅，原來他一點也沒察覺到他昨晚所做的事。於是每夜他就像機械似的謄寫起來，十二點鐘一敲，就照例放下筆，早上起來再把條子的數目數一遍。

那天父親格外的高興，拍著敘利亞的肩膀說：「喂！敘利亞！你爸爸還真是寶刀未老哩！昨晚三個小時裡面，工作量竟比平常多做了三分之一。我的手還真是越老越靈活了，眼睛也還沒花呢！」

敘利亞雖沒說什麼，但心裡卻很高興，他想：「爸爸不知道是我在替他寫，卻以為自己還未老。好！以後就照這樣做下去。」

那夜到了十二點，敘利亞仍起來工作。如此這般經過了好幾天，父親依舊沒有發現異樣。只有一次，父親在晚餐時說：「真是奇怪！近來燈油怎麼突然用得比較多呢？」敘利亞聽了心中暗笑，幸好父親不再多說些什麼。

敘利亞因為每夜起來，漸漸覺得睡眠不足，體力不支，早上起床老覺得自己睡不夠，晚上念書時又常常打瞌睡。有一晚，敘利亞竟趴在桌上睡著了，那是他有史以來第一次打瞌睡。

「喂！你怎麼了，怎麼這麼不用心！」父親拍著手叫說。

敘利亞張開了眼睛，繼續用功複習。可是第二晚、第三晚，他都同樣打盹，而且越來越嚴重，總是伏在書桌上睡著了，或早起複習功課的時候也帶著倦容。父親見了這情形，屢次暗示他，最後終於動了氣，雖然他一向是不責罵小孩的。

有一天早晨，父親對他說：「敘利亞，你這樣對得起爸爸嗎？你從前不是這個樣子的。你要知道，我們一家的希望都在你身上啊！」

敘利亞出世以來，第一次被罵，內心自然是感到萬分的難受。

可是，這天晚餐的時候，父親很高興的說：「大家聽啊！這個月比上個月多賺了六元六角錢哩。」又從餐桌抽屜裡，取出一袋水果來慶祝。弟妹們都拍手叫好，敘利亞也因此振奮了不少，精神也恢復了許多，自言自語說道：「還是再繼續做吧！白天多用點功，晚上照樣工作吧！」

父親又接著說：「六元六角哩！這雖然好，只是這孩子——」他指了指敘利亞，「我實在太失望了！」敘利亞默默的接受責備，忍住就要迸出來的眼淚，但心裡卻又覺得十分欣慰。

以後，敘利亞仍是拚了命的工作，可是，畢竟身子不是鐵打的，他最終還是撐不下去了。

這樣又過了兩個月，父親仍是經常會責罵他，對他的臉色也越來越不好看。

有一天，父親到學校去拜訪老師，和老師商量敘利亞的事。老師說：「是啊，他成績是還好，只是他不再像以前那樣專心上課了，每天總是打著呵欠，似乎很想睡覺的樣子，注意力也無法集中。上課叫他寫作文，他也只是短短的寫幾行就交差了事，字體也很潦草，其實他可以做得更好的。」

那晚敘利亞的父親喚他到身邊，用了比平常更嚴厲的語調對敘利亞說：「敘利亞！你知道我為了養活我們這一家，是怎麼的辛苦工作嗎？你知道嗎？我為了你們，命都不要了！你竟不好好用功讀書，我……」

「爸爸！請不要這麼說！」敘利亞噙下淚水叫著，才正想說明原因時，父親又攔住了他的話。

「你應該知道家裡的情況，家裡的每一分子都是很努力的撐著，這你應該早就知道了。我不是也在那樣加倍努力的工作嗎？這個月我原以為可從鐵路局那兒領到二十元獎金的，所以就先預支出去了，不料，今天才知道那筆錢拿不到了。」

敘利亞聽了，立刻把要說的話吞回去，自己在心底反覆說著：「不要說，還是瞞著，一切還是照舊吧，對不起爸爸的地方，就從別的地方來補償吧。」

又過了兩個月。他仍繼續著夜間的工作，白天晚上依舊疲勞不堪，父親見了他，還是常常發脾氣。最悲哀的是，父親對這個兒子竟然漸漸冷淡了下來，以為這孩子已經無藥可救了，根本就懶得跟他說話，甚至不願看見他。

敘利亞看見這情形，真是有口難言，萬般痛苦。每一次父親背向他的時候，他衝動得就想在父親的背後下跪，乾脆說明真相算了。悲哀和疲倦，雙重壓力使得他越加衰弱，臉色也越加蒼白，學業更是每況愈下。他自己也知道他不能再這樣下去了，每夜就睡的時候，常常自己對自己說：「從今夜起，我不要再起來工作了。」

可是一到了十二點鐘，之前所下的決心一下子又全都瓦解了，好像如果不起來抄寫，就是逃避了自己的義務似的，有時更像是偷拿了家裡兩角錢一樣的愧疚不安。於是在熬不過良心的呵責之下，他又一再的起來工作。

他以為父親總有一天會起來看見他，或者偶爾在數紙條的時候會發覺他的所做所為，到了那時，一切就真相大白了，父親自然也就會諒解他了。

有一天晚餐的時候，母親覺得敘利亞的臉色實在糟糕得不像話，於是問：「敘利亞！你是不是不舒服？」

說著又對丈夫說：「敘利亞不知怎麼了，你看看他的臉色——敘利亞！你究竟怎麼了？」她顯得很憂愁的樣子。

父親把目光向敘利亞一瞟，「那是他自作自受，以前用功的時候，並不會這樣啊！」

「但是，你畢竟是他的爸爸呀！」母親說了。

父親就這麼說：「我早就不想管他了！」

敘利亞聽到這句話，真是心如刀割。父親竟不管他了！那個以前他只要一咳嗽就憂慮得不得了的父親，如今已不再愛他了，眼中已沒有這個兒子的存在了！

「啊！爸爸！沒有您的愛，教我怎能活下去啊！無論如何，請您不要這樣說，我不想再欺騙您了。只要您再愛我，無論怎樣，我一定會像從前一樣用功！這次我真的是下定決心了！」

但敘利亞的決心仍是白費。因為他早已習慣時間一到自己又爬了起來。起來以後，想著就寫「最後一次」吧。進去點著了燈，見到桌上的空白紙條，覺得從此不再寫了，心中實在有些難過，就又情不自禁的執起筆開始寫了起來。

一不小心，他把一冊書碰落到地上，頓時整顆心怦怦地狂跳，如果父親這時醒了怎麼辦？這原也不算什麼惡行，發現也不要緊的，況且自己本來也屢次想把事情說清楚。但是，父親現在醒了，若走了出去，看見了他，不知會有多吃驚啊！並且，如果現在被父親發覺，父親對於自己這幾個月來的情形，不知道要有多懊悔慚愧啊！——千頭萬緒此時全部湧上，弄得敘利亞坐立不安。

他側著耳朵，屏息靜聽，周遭並沒有任何響聲，一家人都睡得相當沉，這才放了心，重新打起精神工作。街道有警察的皮靴聲，還有漸漸遠去的馬車蹄輪聲，過了一會兒，又是貨車「軋軋」的通過，自此以後，一切歸於寂靜，只有偶爾聽到遠方的狗吠聲，敘利亞振筆疾書，筆尖的「唧唧」聲音竟傳到自己耳朵裡來。

其實，這時他的父親早已站在他的背後了。父親從書冊落地的時候就驚醒了，過了好一陣子，那貨車通過的聲音又把他開門的聲音給掩蓋了。

此刻，他那布滿白髮的頭就俯在敘利亞的小腦袋上面，看著他在飛快且認真的書寫著。就在這一刻，所有之前的誤會都煙消雲散了，他胸中充滿了無限的懊悔和慈愛，只是釘住了似的站在那裡不動。

敘利亞忽然覺得有人用顫抖著的兩手抱住他的頭，「呀！」的一聲叫了起來，待聽出了是他父親的啜泣聲時，這才叫著說：「爸！」

他父親吻著敘利亞的臉。

「不，你要原諒爸爸！我明白了！我一切都明白了！是我對不起你！」說著就拉著敘利亞到他媽媽床前，將他交到媽媽的手上。

「他受委屈了！三個月來，他睡也不睡的為了一家人在拚命！我還那樣的責罵他！」母親抱住了他，幾乎說不出話來。

「寶貝！快去睡吧！你一定很累了。」他母親又對著父親說：「你陪他去吧！」父親從母親懷裡扶起敘利亞，陪他到他的臥室，待他躺在床上，替他理好枕頭，蓋上棉被。

敘利亞不停的說：「爸爸，謝謝你！你快去睡吧！我很好。請快去睡吧！」

可是，父親仍伏在床旁，等敘利亞熟睡了，攜起他的手說：「好孩子！好好睡吧！」

敘利亞真的覺得好累，很快就沉沉的睡著了。

幾個月來，直到今天，他才得以好好的睡上一覺。

醒來時，早晨的太陽已升起了，敘利亞忽然發現床沿橫著父親滿是白髮的頭，原來父親一整夜都待在他旁邊，他的額頭正貼著兒子的胸膛，且正在熟睡著呢！

堅忍心

今天學校裡有兩件事，一件是受傷的老先生把卡洛斐的集郵冊送還給他，並且還多替他貼了三枚瓜地馬拉共和國的郵票上去。卡洛斐喜出望外，因為他以前曾到處要搜集瓜地馬拉的郵票呢。

還有一件事，就是施泰勒利這次考試得到第二名，那個呆呆笨笨的施泰勒利居然排在戴洛希後面，大家都好奇他是怎麼考的！

那還是十月時候的事，施泰勒利的父親帶著他到學校來，在大家面前和老師說：「請老師費心了，我這孩子什麼都不懂。笨死了！」

當他爸爸說這話時，誰會料到有今天這樣的場面！那時我們都以為施泰勒利是個呆子，可是他卻充滿自信，還說什麼「我的未來不是夢」這種話呢。從此以後，不論白天、晚上，不論在學校、在家裡、在馬路上，他總是拚命的用功。

無論別人說什麼他都充耳不聞，吵到他的時候，他就把別人推開，自己到一邊去用功。這樣自己勉勵自己的用功上進，難怪呆呆的他，會爬到今天這樣的位置。起初他根本不懂什麼是算術，而作文時，只會寫著一些不成文法的句子，課本的內容也是一句也記不得。但現在卻是算術能做，作文會寫，課本內容更是熟得和唱歌一樣輕鬆自在。

施泰勒利的容貌，一看就知道是個堅毅不拔的人，他的身子矮而肥，短短的脖子十分粗壯，手短，聲音又粗。舉凡破報紙或是劇場的廣告，他都拿來熟讀。只要有一毛錢，他就會立刻去買書，他自己還設了一個小型圖書室邀我去看呢。他不和同學閒談，也不和任何人遊戲，在學校上課的時候，他只是像岩石一樣坐在那兒聽老師的話。他能得到第二名，真不知道是費了多少的工夫才換來的呢！

當老師把獎牌頒給施泰勒利的時候說：「施泰勒利！難為你了！這就是『有志者事竟成』的最好例子。」

施泰勒利聽了並沒有得意忘形，只是靜靜的回到座位上，比以前更認真的聽講。

最有趣的是，下課的時候，施泰勒利的爸爸到學校門口來接他，只見他爸爸和自己的兒子長得一模一樣，他不相信自己的兒子居然會得到獎牌，等老師出來和他說了整個過程，他才哈哈的笑，拍著兒子的肩膀大聲說：「好傢伙，看不出來，你比老子還行哦！」

我們聽到都笑了，施泰勒利卻一點笑容也沒有，只是抱著他那大大的腦袋，露出凡事與他無關的樣子。

將心比心

安利柯啊：

我想你的同學施泰勒利絕對不會說老師的不是，但看看你，你今天才告訴我說：「老師今天好兇！」你想想你自己對爸爸、媽媽，不也是常常態度不好嗎？

老師有時不高興是當然的，他為了學生，不知花費了多少心血和時間？學生中懂事的固然不少，但還有許多不知好歹的，忽略了老師的親切，看輕了老師的努力。

老實說，做老師的苦悶多過他的快樂。無論怎樣的聖人，身處在那樣的位置，誰能不動氣呢？況且，他還要時時耐著性子去教導那生病的學生和程度差的學生，有時他的表情會看起來不太愉悅，那也是必然的。

你應該敬愛老師，連爸爸都很敬愛老師，因為他為了學生犧牲了自己的一生，因為他是開發你智慧的人。將來你年紀大了，爸爸和老師都不在人世了，那時，當你想起爸爸的時候，也一定要想起老師，只要想起老師那種為你們勞累的樣子，那種憂悶的神情，你就會覺得現在種種的不是了。

義大利全國有五萬名小學教師，他們身處社會的背後，以微薄的報酬為全體國民的進步而全心奉獻著。而你的老師就是其中的一人，所以尤其應該敬愛。你無論怎麼愛我，但如果對於你的恩人不敬，那我會感到非常失望的。

你應該將老師當做叔父一樣來看待，不論是待你好，或是責罵你，都要愛他。不論是在老師對的時候，或是你以為錯了的時候，都要愛他。老師高興，固然要愛，老師不高興，更應該要愛他。無論何時，都一定要愛老師啊！

老師的名字，永遠要用虔敬的態度來稱呼，因為除了自己父親的名字外，老師的名字是世上最珍貴、最值得懷慕的名字呢！

——爸爸

第四卷　一月

代課老師

爸爸的觀察一點也沒錯，老師不高興的表情果然是因為生病的緣故。

這三天老師都請假，而由另一位老師來代課。他是一個沒有鬍鬚而有點娃娃臉的老師。這位代課老師很有辦法，無論同學怎麼鬧他，他總是不動怒，只是說：「同學！不要講話！」前兩天，教室早已鬧翻天了，今天更是亂得不像話，吵得老師說話聲音都聽不清楚了。無論他怎麼曉以大義，怎樣循循善誘，都只是像對牛彈琴一樣。

校長曾在門口巡堂了兩次，但只要校長一轉身，大家就立刻又吵鬧了起來。戴洛希和甘倫在前面回過頭來，向大家使眼色叫大家安靜些，但他們哪肯呢？只有施泰勒利用手撐著下巴坐在座位上默默的沉思著，而那個卡洛斐呢，正在向大家索價銅板一枚，拍賣他的墨水瓶，其餘的同學笑的笑，說的說，還有的在用鋼筆刻桌子，有的在用橡皮筋互相彈擲紙團。

代課老師一個一個的去管他們，或是捉住他們的手，或是拉著他們去牆角面壁罰站，但就是無法使他們安靜下來。代課老師實在沒有辦法時，還是用很和氣的口氣對他們說：

「你們為什麼要這樣？難道一定要我懲罰你們嗎？」

只見老師以拳敲桌，憤怒而悲哀的叫說：「安靜！安靜！」

可是他們仍當是耳邊風，依然我行我素。伍藍地對著老師投擲紙團，有人吹著口哨，有人彼此用腦袋在比角力，完全一副玩到忘我的境界。

這時來了一個校工說：「老師，校長請你去一下。」

老師一副無奈的樣子，站起身，匆忙走出教室。這下子吵鬧就更變本加厲了起來。

話說此刻，甘倫忽然站了起來，只見他怒髮衝冠，握緊了拳，怒不可遏的吼道：「你們怎麼這麼囂張？你們這些不像話的東西！因為老師好說話一點，你們就不知好歹起來，待會兒老師發起威來，可是會把你們一個個打得像狗一樣趴在地上哦！我警告你們！待會兒哪個敢再嘲弄老師，我不打得他滿地找牙才怪！就算他爸媽知道，我也照做！」

大家不講話了。他直挺挺的站著，眼中幾乎要迸出火花來，好像一頭發了威的獅子王。他從最惡劣的同學開始，一一用眼睛去瞪他們，大家都不敢抬頭看他。

等老師紅著眼睛回來的時候，班上肅靜得幾乎連呼吸的聲音都聽不到了。老師見到這景象，大吃一驚，只是呆呆的站著。後來看見甘倫怒氣沖沖的站在那裡，心中猜到了八、九分，於是用像對自己親人說話時的那種口氣說：「甘倫！謝謝你！真的。」

施泰勒利的祕密

施泰勒利他家就在學校的對面。每次我到他家，一見到他的圖書室，心裡就羨慕不已。

施泰勒利他家不是很有錢，雖然不能常常買書，但是他卻很會保存書籍，無論是學校的教科書，或是親戚送他的，他都會很仔細的保存著。而且只要他手裡有零用錢，他都會拿來買書。

他已經收集了不少的書，全都擺在華麗的原木書櫃裡，外面用綠色的簾布遮蓋著，只要將那簾布旁的細繩一拉，綠色的簾布就會拉向一邊，露出三層的書來。書排的很整齊，書背上閃爍著金色的字。其中有故事書、有旅行遊記、有詩集，還有畫冊等等。顏色配合得極好，遠遠望去，非常美麗，白的擺在紅的旁邊，黃的擺在黑的旁邊，藍的擺在白的旁邊，那種創意真不是蓋的。

施泰勒利還時常把這許多書的排列變換式樣，並很能自得其樂。他自己做了一個圖書目錄，儼然是一個圖書館館長似的。在家時，他常會站在書櫃前面，或是擦試灰塵，或是把書翻動一下，或是檢查書籍的裝訂線。當他用他那粗大的手指頭把書翻開且在紙縫中吹氣玩著，或是做其他什麼動作時，尤其令人看了覺得有趣極了。

我們其他人的書不免都有所破損，唯有他的書永遠是嶄新的，每當他獲得一本新書時，便會把它擦拭乾淨，然後放入書櫃，還會不時的拿出來看，把書當作寶貝珍玩一樣，我想，這可能是他最大的快樂。我在他家裡停留的時間，除了書以外，他沒有其他的東西給我看。

過了一會兒，他那肥胖的父親出來了。他手拍著他兒子的背脊，用著和他兒子相像的粗聲對我說：「我這兒子你看怎樣？身強體壯，將來可不得了。」

施泰勒利被他父親這樣的開玩笑，卻只像一隻獵犬一樣把眼半閉著，不知為什麼，我竟不敢附和他父親的笑話。其實他只比我大一歲，不能置信吧？

我要回家的時候，他送我出來，用一種很大人的口氣說：「那麼，再見囉。」不知不覺中，我竟也像大人一樣的說：「願你一切都好。」

回到家，我和爸爸說：「施泰勒利既不是天才，樣子也不出色，他的長相尤其讓人看了就想笑，可是不知為什麼，我一見到他，自然而然就會從他那裡學到許多東西。」

爸爸聽了就說：「這是因為他有一顆真誠的心啊。」

我又說：「我到他家，他很少說話，也沒有拿玩具給我玩，可是我還是最喜歡到他家裡去。」

「那一定是你打從心底很佩服他，對不對？」爸爸這樣說。

我笑笑的跟父親點頭。

鐵匠的兒子

潘克錫是個鐵匠的兒子，他也就是那個身體瘦弱，帶著哀怨的眼神，膽子很小，只敢對人說「對不起！對不起！」但卻很用功的那個小孩。

他爸爸每次酒醉回來，據說常會無緣無故的打他，或把他的書或筆記簿丟到地上。所以他常常臉上帶著瘀青來學校，偶爾臉還會腫腫的，眼眶紅紅的布滿了血絲。雖然如此，他卻從不說是他爸爸打他的。

「你爸爸打你啊？」每次同學這樣問的時候，他總是立刻替爸爸辯護說：「才不是呢！」有一天，老師看見他的作文簿被燒掉一半，就問他說：「你怎麼把作文簿燒成這樣？」「哦！是我不小心把它掉到火堆裡的。」其實，這一定又是他爸爸酒醉回來的傑作。

潘克錫就住在我家頂樓的小閣樓裡。門房常常將他們家裡的事說給我媽媽聽。雪兒姊姊有一天聽到潘克錫在哭，聽說是他伸手向他爸爸要買文法書的錢，但沒想到他爸爸聽了就把他從樓梯上踢了下來。

他那個爸爸只會喝酒，不務正業，一家子時常為飢餓所苦。潘克錫更是時常餓著肚皮到學校來，吃甘倫給他的麵包，一年級時，教過他的那個戴紅羽帽的女老師也曾給他蘋果吃。但他絕不說「爸爸不養我們」之類的話。

他爸爸也曾經來過學校，只見他臉色蒼白，兩腿一直在那兒抖個不停，怒容滿面，頭髮長長的垂及眼前，帽子也是戴得歪歪的。潘克錫一見到爸爸，怕得像老鼠見到貓，但仍乖乖的走向前去。而他爸爸呢，卻不顧自己的兒子，一副好像心事重重似的。

潘克錫會把破的筆記本想辦法補好，他還會借別人的課本來看，他會把破了的襯衣用針補牢後繼續穿，拖著大人的皮鞋，穿著長得幾乎拖在地上的褲子，常常見他過長的上衣，袖口高高的捲起。看到他那樣子，我同情之心油然而生！雖然如此，他卻比一般人還要用功，如果家裡能給他一個好的環境，我想他一定可以得到更好的成績的。

今天早上，他的臉頰上又帶了紅色的抓痕到學校，大家見了議論紛紛說：「這一定又是你爸爸抓的吧？你可不要再說『沒有的事』了，他把你弄成這個樣子，你可以告訴校長，校長就會請你爸爸來，替你勸他的。」

此時他立刻跳了起來，紅著臉，顫抖著說：「你們亂講，我爸爸他從來就不打我的。」話雖如此，但他仍在上課時落了淚。人家過去看他，他就一個勁兒的把眼淚擦掉，還硬裝笑臉給人家看！

明天戴洛希、柯禮提和那利原本要到我家玩，現在我打算約潘克錫一塊兒來。我想明天請他大吃一頓，拿書給他看，把家裡好玩的拿出來給他玩，回去的時候，還要把水果讓他帶回去。這樣一個善良且勇敢的小孩，應該讓他快樂開心點才對，就算偶爾一次也好。

有朋自遠方來

今天可能是我這一年中最快樂的一個星期四了。

兩點整的時候，戴洛希和柯禮提帶著那駝背的那利來了。潘克錫因為他爸爸不許他來，所以沒有到。戴洛希和柯禮提笑著對我說，他們在路上遇到克勒西，克勒西拿著包心菜對他們說，他要把賣菜的錢拿去買鋼筆，又說，他接到他爸爸的來信，信中說他爸爸不久之後將從美國回來，克勒西心裡正高興得很呢。

三個同學在我家停留了大約兩個鐘頭，卻留給我許多快樂和難忘的回憶。

戴洛希和柯禮提是同學中最有趣的兩個，連爸爸都很喜歡他們。柯禮提穿了茶色的褲子，戴了貓皮的帽子，天真活潑，不論何時何地他一定都在動，或是把眼前的東西東翻西翻，或是將它翻個身什麼的，反正他就是這麼好動。

聽說他今天早上，已經搬了大半車的木柴，可是他現在卻沒有半點疲勞的樣子，還在我家裡跑來跑去的，不管見到什麼都很有興趣，嘴巴也不停的說話，好像一隻松鼠似的跳上跳下。他到廚房裡問女傭木柴每一捆的價格，他說，他們店裡每捆賣二角。他喜歡講他爸爸在溫培爾托親王從軍時的事。他禮儀周到，的確像爸爸所說的，這小孩子雖然來自柴店的苦力環境，但骨子裡卻帶著真正貴族的血統。

戴洛希會講有趣的事情給我們聽，他對地理的熟悉程度簡直和老師一樣。他閉著眼睛說：「現在我的眼睛好像看見整個義大利，河水潺潺的流著，有白色建築的都市、有海灣、有青色的內海、有綠色的群島。」

他就這樣按順序的把地名背誦完，就像在眼前擺著地圖一樣。他閉著眼，像石像般矗立著，那種丰采，使我們為之傾倒。他把明、後天大葬紀念日所要背誦的約三頁長的文章，在一個小時內背完，連那利看了也在他那哀怨的眼神中流露出微笑來。

今天的聚會真是快樂，他們三人回去的時候，兩個高大的同學還一左一右扶著那利一起走，並且有說有笑的，連很少笑的那利也跟著開懷大笑。

回到餐廳時，看見平常那幅駝背的滑稽畫不在了。哦，原來是爸爸刻意拿下來的，因為如果那利看見了，多多少少一定會有一點不自在。

紀念辭

今天下午兩點時，我們一進教室，老師就叫戴洛希起來。戴洛希立刻走上前去，站在小桌子旁，面向著我們朗誦那篇大葬紀念辭。剛開始的時候，他還有點不太自然，到後來，聲音就越來越大聲，也漸漸清楚，而且中氣十足，容光煥發。

「四年前今日的此刻，前國王維多利亞．愛馬努愛列二世陛下的玉棺，抵達羅馬太廟正門。

「維多利亞．愛馬努愛列二世陛下，功業遠勝過義大利開國諸王，他從原來分裂為七小邦，為外敵侵略和被暴君壓制所苦的義大利，奠立了統一的王朝時代，並確立了自由獨立國家的基礎。國王統治的二十九年，他英明果決、臨危不懼、勝利不驕、困逆不餒，一心一意想發揚國威，以福利人民為務。

「國王的柩車，在羅馬街市通過的時候，義大利的群眾都聚集在路旁拜觀大葬行列。柩車前的諸位將軍、大臣、皇族軍隊的儀仗兵，還有林立的軍旗，和從各個城市來的代表者，舉凡各行各業的領袖級人物，無不參與。

「大葬的行列來到莊嚴的太廟門口，十二個騎兵抬著玉棺入內，這時，義大利全國上下就要和這位令人深深崇拜的老國王做最後的告別，就要與二十九年做了國父、做了將軍、貢獻生命給國家的前國王，永久的分別了！

「全國上下目送玉棺，對著那色彩黯然的軍旗掩面而泣。這軍旗令人回想起無數的戰死者和鮮血，那是我國最大的光榮，最神聖的犧牲，以及最悲慘的不幸。騎兵把玉棺移入，軍旗都向前傾倒，黑旒向前垂下，無數的勳章碰觸著旗杆叮咚作響，好像有千人整齊的在那裡說：『別了！我君！在太陽照著義大利的時候，君的靈魂將永遠留在我們人民的心中！』軍旗飄揚在空中，我們的維多利亞．愛馬努愛列二世陛下，將在靈廟之中永享著不朽的光榮！」

伍藍地的惡行

戴洛希在讀維多利亞．愛馬努愛列王的紀念辭的時候，全班只有一個人在笑，那就是伍藍地。

伍藍地真是沒禮貌又討人厭的壞傢伙。他爸爸到學校來教訓他時，他反而很開心似的；看見人家在哭，他竟還笑得出來。在甘倫的面前，他膽小得只會發抖，但碰見怯懦的「小石匠」或一隻手不會動的克勒西，他就會想欺負他們。他嘲笑大家所敬佩的潘克錫，甚至對那因為救小孩而跛了腳的洛佩弟也不放過。

他欺善怕惡，一定要對方受了傷他才爽快。他帽子戴得很低，深藏在帽沿底下的眼光，總好像計畫著什麼陰謀，任誰見了都會害怕。他在每個人的面前都囂張得過了分，對老師也是嘻皮笑臉，目無尊長。一有機會，連偷竊這種行為也幹得出來，事後還會裝出一副不知情的樣子呢。

他時常和人互罵後，就帶支大大的扁鑽到學校來報復。不論是自己的還是人家的衣服，他總愛拔掉上衣的鈕扣拿在手裡玩。他的作業紙、書籍、筆記簿都是髒兮兮的，三角板也被他折碎，鋼筆尾端都是牙齒咬過的痕跡，他還有咬指甲的習慣。聽說他媽媽為了他的不長進，曾經擔心得生了病，他爸爸也曾經把他趕出家門過三次。

他媽媽常到學校來探聽他的情形，回去的時候，那對眼睛總是哭得腫腫的。他討厭功課、討厭朋友、討厭老師。老師有時也會不理他，對他所有的不規矩只裝作沒看見、沒聽見，但沒想到，他竟因此而變本加厲，老師原諒他，他反而得寸進尺；老師發脾氣了，他就用手遮住臉，假裝在哭，其實他是在那裡暗笑。他曾被罰停學三天，沒想到回來以後卻變得更無法無天。

有一天，戴洛希勸他，「夠了，夠了！老師已經很容忍你了，你不知道嗎？」怎知他竟威脅戴洛希說：「小心我刺穿你的肚子！」

但今天，伍藍地卻像狗一樣的被趕了出去。

老師把每月故事「少年鼓手」的草稿交給甘倫的時候，伍藍地竟然在地板上放起爆竹來，那個聲音震驚了整間教室，好像槍聲一樣，嚇了大家一跳。老師也跳了起來。

「伍藍地！出去！」

「不是我。」伍藍地笑著假裝無辜的樣子。

「出去！」老師再次的說。

「我偏不要。」伍藍地反抗。

於是，老師大怒，走到他的座位旁邊，捉住他的手臂，將他整個人從座位上拖了起來。伍藍地雖然咬著牙頑抗，但是力量終究敵不過老師，他被老師從教室裡拉到校長室去。

過了一會兒，老師獨自回到教室來，坐在位子上，兩手撐著頭一句話也不說，一副心力交瘁的樣子，那種鬱卒的神情令人看了不忍。

「做了三十年的老師，竟然碰到這樣的學生！」老師悲哀的說著，一顆腦袋失望的左右來回晃了又晃。

我們大家都不說話了，只見老師的手還在顫抖著，額上的皺紋深刻得好像是這三十年來累積的傷痕。大家都過意不去，這時候戴洛希站了起來。

「老師，請不要傷心！我們都是很敬愛老師您的。」

老師無語的抬起頭來看著大家：「上課吧！」

每月故事：少年鼓手

這是一八四八年七月二十四日，柯斯脫塞戰爭開始的第一天。我軍步兵部隊，被派遣到某處去占領一間空屋，卻在接近空屋時，忽然遭到敵軍的攻擊。敵軍從四面八方攻來，子彈像雨點似的落下，我軍只好放棄若干的死傷者，而退避到空屋中，鎖住了門，從樓上窗口不斷還擊以保衛空屋，而這時敵軍也圍成了半圓形，步步逼進。

我軍指揮官是個勇敢的老士官，身材高大，鬢髮已白。在這六十人之中有一個少年鼓手，他是塞地尼亞人，雖已年過十四歲，身材卻像連十二歲都不到，他有著黝黑的膚色和炯炯的目光。

指揮官在樓上指揮作戰，時時發出號令，他那堅定的臉上，絲毫不帶任何情感，使每個部下見了都會不寒而慄。少年鼓手此時臉色已急得發青了，可是仍不慌不忙的跳上桌子，將頭探出窗外，從煙塵中去觀看敵軍的情況。

建築在高崖上的這屋房舍，面向著崖的一面，只有閣樓上開著一個小窗，其餘都是牆壁。敵軍從三面攻擊，只有向崖的一面安然無事。那真是一次前所未見的攻擊，子彈如雨落下，破壁、碎瓦、屋頂、窗子、家具、門戶，一被擊中就成粉碎。木片在空中飛舞，玻璃和陶器的破碎聲，軋啦軋啦聲四起，聽起來好像是人類的頭骨破裂一樣。

在窗口射擊防禦的士兵，一被射中傷倒在地板上，就被拖到一旁，馬上有人用手抵住他的傷口，但他仍在呻吟著。廚房裡還有被擊碎了頭的屍體，敵軍的半圓形攻擊漸漸逼近了過來。過了一會兒，一向鎮定的指揮官，忽然出現了不安的神情，他帶了一個軍官，急忙的走出了那房子。過了三分鐘左右，那軍官向少年鼓手招手。少年跟著軍官急步登上樓梯，到了那閣樓上。指揮官倚著小窗拿起紙條寫字，腳旁擺著汲水用的繩子。

指揮官摺疊了紙條，用一種凜然的眼光注視著少年，「鼓手！」鼓手馬上舉手行童軍禮。

「你有勇氣嗎？」指揮官問。

「是的，指揮官！」少年回答時，兩眼炯炯發光。

指揮官把少年推近窗口，「往下看！有沒有看見遠方有刺槍的反光？那裡就是我軍的大本營。你拿這紙條，攀下去，快速的翻過那山坡，穿過那稻田，跑去我軍的陣地，只要一遇見士官，就把這紙條交給他。現在將你的皮帶和背囊卸下！」

鼓手除去了皮帶、背囊，把紙條放入口袋中。軍官將繩子放到窗口，把一端纏在自己的手臂上。指揮官將少年扶出了窗口，使他的背向外。「喂！全隊的安危，全靠你了！」

「看我的！指揮官。」少年充滿自信的回答說。

指揮官和軍官握住了繩。

「下那山坡的時候，記得要把身子放低點！」

「放心！」

「祝你成功！」

小鼓手落地後，立刻快跑出發，但指揮官好像仍然很不放心的樣子，在窗口踱來踱去看著少年下坡。

差不多快要到達的時候，忽然在少年周遭冒出五、六處的煙硝來，原來他已被敵軍發現，而敵軍正打算從高處將他射倒。少年此刻正卯足了勁跑，但突然倒在地上。

「糟了！」指揮官咬著牙焦急自語。

但少年又意外好好的站了起來。

「還好！只是跌了一跤！」指揮官不禁吐了一口氣。

少年雖拚命的跑著，可是遠遠望過去好像有些跛。指揮官心想：「難道他受傷了嗎？」接著煙硝又從少年的身旁彈飛起來，但射得都很遠而沒有打中，「好呀！好呀！」指揮官歡喜得不得了，目光仍不離少年。那紙條如果有幸送到本隊，援兵就會開到。而如果未能如願，這六十人只有戰死與被俘兩條路了。

遠遠望去，他看見少年跑了一會兒，忽然把腳放緩，他有點而跛了。好幾次見他邊走邊歇。

「大概子彈打到了他的腳。」指揮官一邊這麼想，一邊目不轉睛的注視著少年的舉動，緊張得身子發起抖來。他用了幾乎要迸出火花來的眼睛，目測著少年的所在地與因陽光照射而發出反光的刺槍間的距離。樓下只聽見子彈穿過東西的聲音，還有士官與軍官的怒叫聲，負傷者的哭泣聲，器具的破碎聲和物件的掉落聲。

一名士兵默默的跑來，說敵軍攻勢凌厲，並已高舉白旗勸誘我軍投降了。

「不要理他！」指揮官說時，眼睛仍不離那少年。

話說少年雖已走到了平地，可是已經不能跑了，好像只能一步一步勉強的走著。

指揮官咬緊了牙齒，握緊了拳頭，「走呀！快走呀！沒用的傢伙！走！快走！」過了一會兒，指揮官竟說出可怕的話來了：「哎呀！這該死的東西！」

剛才還望得見少年的頭，這下忽然不見了，好像已經躺下了。過了一分鐘左右，少年的頭又再度出現，不久之後就又被籬笆所阻擋而消失。

指揮官於是匆忙下樓，子彈如雨一般的在那裡飛舞，滿屋子的負傷者，有的像醉漢似的亂滾，家具、牆壁和地板上滿是血跡，許多屍體堆在門口。副官已被子彈打斷了手臂，煙硝和灰塵把周圍的東西都弄得看不清楚。

指揮官高聲叫說：「全力防禦，切勿退後！援兵就快來了！」

敵軍漸漸逼近，敵軍的頭和臉已可從煙塵中望見，槍聲裡面還夾雜著可怕的喧鬧聲和叫罵聲。這是敵軍正在那裡脅迫喊話，叫我軍投降，否則只有死路一條。我軍不禁膽怯起來，紛紛從窗口退回。軍官便追趕他們，強迫他們固守崗位，可是防禦的火力漸漸薄弱，士兵的臉上都表現出絕望的神情，想要抵抗已是不可能的事了。這時，敵軍忽然減弱火力，轟雷似的喊叫起來：「趕快投降！」

「不！」指揮官從窗口回喊。

兩軍的戰火又重新的猛烈了起來。我軍的士兵接連倒下，有一個窗戶甚至已沒人守衛了，最後存亡的關頭就快到了。指揮官尖叫著：「老天爺救救我們吧！」他一邊狂叫，一邊像野獸似的跳著，以顫抖的手揮著軍刀，預備身先士卒，為國犧牲。

這時有個軍官由閣樓下來，大聲說道：「援兵來了！」

「援兵來了？」指揮官大喜。

一聽到這令人振奮的消息，所有的軍官、士兵馬上都衝到窗口，重新奮力抵抗敵軍的來襲。

過了一會兒，敵軍開始氣餒，陣勢亦紛亂了起來。指揮官急忙召集殘兵，叫他們把刺刀套在槍上，預備做最後的肉搏戰，自己則跑到樓上去。隨即聽到了震天動地的吶喊聲和雜亂的腳步聲。

從窗口望去，義大利騎兵正全速向這兒奔來。只見那亮晃晃的刺槍，綿綿不絕的落在敵軍頭上、肩上和背上。屋內的士兵也抱著刺槍突圍而出，敵軍瞬間兵敗如山倒，一會兒工夫，我軍用了兩大隊的步兵與兩門大炮，就把高地占領了過來。

指揮官帶領殘兵回到自己所屬的聯隊裡，戰事依然繼續，在最後一次衝鋒的時候，他竟意外的被流彈傷了左手。

這天戰事的結果，我軍大勝。然而次日再戰，我軍雖奮勇對抗，但因寡不敵眾，終於在二十七日早晨退守至泯契阿河。

指揮官雖受了傷，但仍率士兵徒步前進。士兵儘管個個疲乏困頓，卻沒有一個人抱怨。傍晚時，到了泯契阿河岸找尋副官。話說那副官傷了手腕，被醫護隊所救，比指揮官先到這地方。指揮官走進一所臨時野戰醫院，那裡住滿了負傷的士兵，病床分成兩列，醫生和助手應接不暇的奔走著，聽到的都是哀泣聲與呻吟聲。

指揮官一到醫院裡，就到處探尋副官，這時有人用了低弱的聲音叫他，指揮官近身一看，竟是少年鼓手，他臥在病床上，胸部以下覆蓋著粗糙的窗簾布，蒼白而細弱的兩隻手腕露在外面，眼睛仍是寶石般的發著光。指揮官一驚，急忙的對他說：「你在這裡？你真是了不得！你救了我們大家！」

「我只是盡了我的力而已。」少年答。

「你受傷了？」指揮官再問，一雙眼睛仍在附近各床尋覓副官。

「我沒有關係。」少年回答說。

為了說話，少年用盡了所有的力氣，此刻才覺得負傷對他而言是種榮譽。如果沒有這滿足的快感，他在指揮官面前，恐怕也沒有開口的氣力了。「我拚了命在跑，害怕被看見，所以彎著上身，不料還是被敵人發現了。如果我不被射中，應該還可以再快二十分鐘。

「幸好碰到參謀官，把紙條交給了他。可是，在被射中以後，我才覺得自己已經完全走不動了，口又渴，好像就要死去一般。要再走回去已是不可能了。然而一想到我若放棄，戰死的人會越來越多，我幾乎都要哭出來了。還好！我總算拚了命把目的達成，不要替我擔心。指揮官！你要保重，你還流著血呢！」

的確如他所說，滴滴鮮血正從指揮官手臂上的繃帶裡滲流下來。

「請把手交給我，讓我替你包紮好嗎？」少年說。

指揮官伸過左手來，少年把指揮官的繃帶解開重新再紮好。可是，少年因離開枕頭，臉色立即蒼白起來，不得不再躺回去。

「好了，已經好了。」指揮官見少年那樣子，直想把裹著繃帶的手縮回來，但少年還是不肯放似的。

「不要管我。注意你自己才要緊！」指揮官說。

少年搖了搖頭，指揮官盯著他看，「你一定是流了不少血吧？」

「你說流了很多血？」少年微笑說：「豈止是流血呢，請看這裡！」說著便把布巾揭開。

指揮官見了大吃一驚，甚至當場退後了一步。

原來少年的一條腿已經不見了！他的左腿已被齊膝截去。

這時，一個矮而胖的軍醫走過來，對著少年嘀咕了一會兒，然後對指揮官說：「這是不得已的，如果他不那樣硬撐的話，是可以保得住的。真是勇敢的少年啊！眼淚也不流一滴，而且不慌不忙，連痛也沒喊一聲。我替他動手術時，他還以身為義大利男兒而自豪！」

指揮官的兩眉不禁深鎖，注視了少年一會兒，替他將布巾蓋好，然後脫下帽子向他行禮。

「指揮官！」少年驚叫，「請不要如此！」

一向對部下嚴格且兇悍的堂堂指揮官，這時竟用一種形容不出的柔和聲音說道：「我不過是小小的指揮官，而你卻是英雄啊！」說完這話，他便張開了雙臂，趴在少年身上，無法表達他千萬分之一的敬意。

愛國

安利柯：

你聽了「少年鼓手」的故事後，心中一定十分感動，那麼今天的作文題目「愛義大利的理由」對你來說，想必應該不會太難吧。

我為什麼要愛這個國家呢？因為我母親是義大利人，因為我流的血是義大利的血，因為我祖先的墳墓在義大利，因為我的出生地在義大利，因為我所說的話、所讀的書都是義大利文。我的兄弟、姊妹、朋友，在我周圍所有偉大的人們，在我周遭一切美麗的大自然，以及我所見、所愛、所崇拜的都是義大利的東西，所以我愛義大利。

這種對自己國家說不出來的感情，你現在也許還不能全然理解，但是等你將來長大，自然就會知道了。

每當從國外回來，倚在船舷上，遠眺故國的青山，這時，眼中自然會湧出熱淚，口中更是會不禁發出興奮的叫喊。

而當遠遊國外的時候，偶爾在路上聽到有人說自己國家的語言，總會走近與那說話的人聊上幾句。外國人如果有對自己國家無禮的言語時，心裡一定會升起怒氣。一旦和外國有所交涉時，對國家的那分熱愛，格外容易表現出來。

戰爭結束了，疲憊的軍隊凱旋歸來的時候，見到那被砲彈打破了的軍旗，見到那些裹著繃帶的士兵，高舉著打斷了的武器，在群眾喝采聲中通過，你有何感想呢？

唯有那時，你才能真正了解到愛國的意義。你會由衷感受到自己與國家是一體的。這的確是一種高尚神聖的感情。

將來你也要為國出征，你是我的骨肉，我希望能見到你平安凱旋歸來，但是，如果你做了卑劣無恥的行徑，而沒有一心把自己交給國家，那麼現在你從學校回來時，我這個迎接你的爸爸——到時就不會再像今天這般對待你了，而是會看不起你，因為你白受國家栽培，白受學校教育，你只會令爸爸傷心而已。

——爸爸

嫉妒的蛇

這次以愛國為主題的作文，第一名又是戴洛希。華提尼本還以為自己一定會得到第一名的

——華提尼雖然有點虛榮心，又喜歡擺闊，但我還是很喜歡他，然而見到他在嫉妒戴洛希，我又覺得他有點討厭了。

平日華提尼想和戴洛希一較高下，拚命的用功，可是始終敵不過戴洛希，無論哪一方面，戴洛希都在他之上。華提尼很不服氣，總是盡極可能的嘲弄著戴洛希。

其實，諾琵斯也嫉妒戴洛希，但他只會藏在心裡，不像華提尼會表現在臉上，聽說他在家裡曾抱怨過老師不公平呢。每次戴洛希很快的就把老師的問話圓滿的回答出來時，華提尼總是板著臉、垂著頭，裝作沒聽見，還故作嘲笑的坐在那兒。

但他笑起來的樣子實在是很彆扭，所以大家都有默契，只要老師一稱讚戴洛希，大家就會不約而同的回頭看華提尼的表情，而華提尼也一定會在那裡苦笑。「小石匠」在這種時候，都會裝出兔臉給他看。

今天，華提尼就很難為情了，因為校長親自到教室來宣布成績。

「戴洛希一百分，第一名。」就在同時，華提尼打了一個噴嚏，校長見他那神情，馬上就明白了。「華提尼！不要飼養著嫉妒的蛇哦！這條蛇是會吃了你的腦，壞了你心哦。」

除了戴洛希，大家都看向華提尼。而華提尼像是想要回答些什麼話，可是終究還是無言以對，臉色發青得像顆石頭一般固定在那兒不動。等老師上課的時候，他在一張紙條上寫了這樣的句子：「**我們不羨慕那因不正直與思想偏頗而得第一名的人。**」

這是他想寫給戴洛希的。坐在戴洛希附近的同學都在竊竊私語，有一個竟用紙做成大大的獎狀，在上面畫了一條黑蛇，華提尼完全不知道。老師因事暫時出去的時候，戴洛希旁邊的同學都站了起來，離開座位，想要將那紙獎狀拿去送給華提尼，教室中一時變得劍拔弩張，氣氛十分詭異，華提尼氣得全身顫抖，情況有點失控了。

就在這時，只見戴洛希說：「把東西給我！」然後把獎狀搶過來撕個粉碎。

恰好老師這時回來了，緊張的局面暫時和緩了下來。華提尼一個人臉紅得像火一樣的把自己所寫的紙條搓揉成團塞入口中，直到嚼糊了，才吐在椅子旁的地上。

下課的時候，華提尼好像有些不知所措，經過戴洛希的座位旁邊時，竟然掉落了課本，戴洛希好心的替他撿起來，並幫他放入書包裡，而且扣上扣子，而華提尼只是俯視著地面，久久抬不起頭來。

伍藍地的媽媽

華提尼的脾氣還是沒有改。

昨天早晨上宗教課時，老師在校長面前問戴洛希是否牢記了讀本中「無論你走向哪裡，我都看見你的大神」的句子。戴洛希回答說他還沒有記住這句話。華提尼突然說：「我記住了。」說完就對著戴洛希冷笑。恰巧，這時伍藍地的媽媽突然走進教室裡來，於是華提尼喪失了表現的機會。

伍藍地的媽媽屏著氣息，全身被雪打得溼答答的，她把上禮拜被勒令停學的兒子推了進來。我們不知又將會有什麼事情要發生，大家都暗吞口水。

只見伍藍地的媽媽跪在校長的面前合掌懇求著說：「啊！校長！請你發發慈悲，答應讓這個孩子再回到學校裡來！這三天來，我把他藏在家裡，如果被他爸爸知道了，他一定會被打死的。我實在不知道該怎麼辦？求求您！救救我的孩子！」

校長先生似乎想要帶她到教室外面去，但她不依，只顧著痛哭哀求：「啊！先生！我為了這孩子，不知吃了多少苦！如果您知道了，一定會憐憫我的。我怕我就快要活不久了，校長！我對死是早有準備了，但總期盼能見到這孩子改過向善後才死。雖然他是這樣一個不受歡迎的壞孩子——」說到這裡，她哽咽得說不下去了，「——但他終究是我的兒子，我沒理由不疼惜他的！校長！請您當作是救我吧！最後一次，允許這孩子回到學校來吧！」她說完後，用手掩著臉哭泣。

伍藍地好像仍不為所動似的，只是把頭低垂著，校長看了伍藍地一會兒說：「伍藍地，坐到位子上吧。」

伍藍地的媽媽反覆說了許多感謝的話，連校長都沒機會開口。她擦拭著眼淚走出門口，「你要給我好好用功哦！各位同學，請你們原諒他！校長，謝謝您！」

當她走出門口時又回頭一次，用一種好像在懇求的眼神，對著兒子看了一眼才離去。她的臉色蒼白，身體已有些駝背了，頭不停的點著，下了樓梯時，我們都還聽得到她傳來的咳嗽聲。

全班再度肅靜。校長向伍藍地注視了一會兒，然後用了極鄭重的語調說：「伍藍地！你知道你母親有多偉大嗎！你知道嗎？」

我們大家都向伍藍地看去。天哪，那個不知羞恥的壞胚子伍藍地他竟然還在那裡笑呢。

希望的光

安利柯：

你聽了牧師的話回來後，緊緊抱在我懷裡時的神情，真是美極了！牧師和你講的話，你都明白了嗎？神將我們牽引至祂的國度，我倆從此再也不會分離了。就算有天我死了，或是有天爸爸死了，我們都不必說：「永別了！」那樣絕望的話，因為我們還可以在別的世界相會。在這邊受苦的，必將在另一邊得到回報；在這世多愛人的，必將在那世遭逢自己所愛的人。

在那裡沒有罪惡，沒有悲哀，也沒有死亡。但是，我們需要加倍努力，才可使自己無愧的到那無罪惡、無汙濁的世界去。安利柯啊！所以一切的善行，譬如誠心的情愛，對於友人的親切，以及其他高尚的行為，都是到那世界去的階梯。悲哀可以消罪，眼淚可以洗去心的汙濁，今天的你，必須比昨天的你更好，待人必須再親切一些，你要時時這樣警惕著自己啊！

每天早上起床的時候，就要向神祈禱：「今天要做真心讚美的事，要做爸爸見了會歡喜的事，要做能使朋友老師以及兄弟姊妹們愛我的事。」求神賦予你實踐這決心的力量。

「主啊！我願善良、高尚、勇敢、溫和、誠實，請幫助我！每晚媽媽親我的時候，請使我能說：『媽！妳今晚吻著的，是比昨夜有著更高尚的心的安利柯』的話。」你要這樣的祈禱。

祈禱的歡悅對你來說，或許還不太能夠體會，但是見到你是如此虔誠的祈禱，做媽媽的是多麼歡喜啊！當我見到你在祈禱的時候，只覺得好像有什麼人在那裡注視著你、傾聽著你。這時，我比平常更確信，有大慈大悲至善的神存在著。

主啊！在這個世界請讓做母親的能再和她的小孩相會，使我能再遇見安利柯，和有聖潔及無限生命的安利柯永遠不分離！

——媽媽

第五卷　二月

頒獎後的插曲

今天，督學到學校頒發獎牌。他是位留有白鬚、穿著黑袍的紳士。最後一堂課快要結束時，他和校長一起來到我們的教室，他坐在老師的旁邊，問了三、四個同學一些問題。然後把第一名的獎牌頒給了戴洛希，又和老師和校長低聲談話。

「第二名不知是誰？」我們正這樣想時，突然督學說話了。

「潘克錫這次應該有資格得到第二名。他不論在考試、功課、作文、操守，各方面都相當優秀。」大家都朝潘克錫看，心裡都為他高興。潘克錫則有點手足無措。

「到前面來！」督學說。潘克錫站起身，走近老師的桌旁。

督學用一種憐憫的眼光，把潘克錫貧血的臉色和身上縫補過但不合身的服裝打量了一番，將獎牌掛在他的脖子上，用疼惜的口吻說：

「潘克錫！今天頒給你獎牌，並不是因為沒有比你更好的人，也並不是單單因為你的才能和勤勉，而是因為你的勇氣和孝行才頒發給你的。」說著，又對我們大家說：「是不是呀？」

「是！」我們大家齊聲回答。

潘克錫顫抖著脣，好像想說些什麼，但仍只是用充滿了感恩的表情望著我們。

下課鐘響，我們比別的班級先走出教室。走到門外，見到一個不速之客，那是潘克錫做鐵匠的爸爸。老師看到他，向督學附耳低聲說了幾句話，督學就去找了潘克錫來，牽著他的手，來到他爸爸的旁邊。潘克錫不禁緊張了起來，同學都聚集在他的周圍。

「你是這孩子的父親嗎？」督學面對鐵匠高興的問道，好像和熟朋友談話一樣。沒等他回答又接著說：「恭喜恭喜！你看！你兒子名列前茅，得到第二名，他作文、算術都十分傑出，既有天分，自己又用功，將來一定能夠成就大事業的。他天性純良，受到大家尊敬，是個好孩子，你應該感到驕傲的！」

鐵匠張大了嘴，看了看督學，看了看校長，又去看他那低著頭、發著抖的兒子。他好像直到今天，才覺得自己一直沒有善待兒子，而兒子卻總是百般隱忍著，這個做父親的臉上不覺露出茫然的驚訝和不忍，急忙跑過去把兒子摟到自己的懷裡。

我走到他們父子倆面前，約潘克錫下禮拜四和甘倫、克勒西一起到我家。

大家都向他道賀，有的去抱他，有的用手去摸他的獎牌，不論誰走過他旁邊，總是露出欣羨的表情。潘克錫的爸爸則用驚異的眼光注視著我們，最後，他將兒子的頭抱在胸口，而潘克錫則一直控制不住滿眶的淚水，這也難怪他了。

暗下的決心

見到潘克錫得到獎牌，我不禁覺得慚愧，因為我連一次都沒得到過！

我最近不怎麼用功，不但自己覺得不應該，連老師、爸媽對我的態度也沒像從前那般親切和悅了。從前離座去玩耍的時候，總是高興的跳著去的。現在，全家坐在餐桌上時，再也沒有像從前那樣快樂的交談了。

我心裡總有個小小的聲音說：「這是不對的！這是不對的！」

傍晚，看見許多的小孩，走在工人之間從工廠回到家裡。他們雖然很疲倦，但神情卻很愉快。他們只想快點回家吃晚餐，所以腳步都很急促，他們用被煤炭薰黑或是被石灰染白了的手，相互拍著彼此的肩膀，高聲談笑著。

他們都是從天亮就一直忙碌到現在，比我們還小的小孩，終日在爐側，或是在水裡、地下勞動著，只用一小片麵包充飢過日子的更不在少數。

而我呢，除了寫四頁的作文以外，什麼都沒做。想起來真是丟臉！啊！沒有半點成就感，爸爸對我一定也很失望。

爸爸從早到晚工作著，家裡的東西哪一件不是爸爸努力工作換來的？我所用的、穿的、吃的和所受的教育，每一樣使我快活無憂的事物，都是爸爸工作的結果。

而我卻一事無成，只會讓爸爸一個人在那裡辛苦，卻不能給他絲毫的幫助。啊！這真是不應該！

所以，從今天起，我得像施泰勒利那樣，捏緊拳、咬緊牙，拚命用功！就算熬夜也不打瞌睡，天亮就起來，把惰性改掉，努力用功！像現在這個樣子，自己只會一無所獲，別人看了也難過。這種怠惰的生活，我決定從今天就改善！

我想，只要全心全力努力用功後，才能再有愉快的心情，也才能再看到老師親切的微笑，並得到爸爸像從前一樣親愛的吻！

玩具火車

今天潘克錫和甘倫到我家來玩。

甘倫是頭一次到我家，他是個很沉靜的人，因為才四年級身材就很高大，所以見了人他都總是一副很害羞的樣子。

門鈴一響，我們全家都迎出門去。克勒西因為父親剛從美國回來，所以不能來，爸爸上前介紹甘倫給媽媽認識，說：「他就是甘倫，他不但是個好孩子，而且還是一個充滿正義感的紳士呢！」

甘倫低著頭，微笑的看著我，潘克錫依舊掛著那獎牌，聽說他爸爸已經又開始了鐵匠的工作，五天來滴酒不沾，而且還時常叫潘克錫到工廠去幫忙，和從前判若兩人。

我將所有的玩具拿出來給他們看。潘克錫好像很喜歡我的火車。那火車附有車頭，只要發條一轉，就會自己動起來。

潘克錫因為從沒有見過這樣的玩具火車，覺得十分驚奇。我把開發條的鑰匙交給他，他便低著頭開始專心的玩了起來，瞧他那種高興忘我的神情，我還是第一次見到呢。我們都圍在他身邊，看著他那枯瘦的頸項，曾經流過血的耳朵，以及他向內捲起的袖口，和瘦削的手臂。

這時候，我恨不得把我所有的玩具和故事書都送給他，就算把我正要吃的麵包，正穿在身上的衣服如數送給他，我想我也不會捨不得。我在想，至少把那火車送給他吧！

但是，又覺得這得和爸爸商量一下，我正在猶豫時，忽然有人把紙條塞到我手裡來，一看，原來是爸爸寫的。紙條上用鉛筆寫著：「**你的火車，潘克錫好像很喜歡哩！他是不是沒有玩具？你覺得應該怎麼做呢？**」

我立刻用雙手捧了那火車，放在潘克錫的手中，「送給你！」潘克錫看著我，一臉茫然的樣子，我又說：「這火車送給你。」

潘克錫驚跳起來，往我爸媽那裡看了一眼，又轉過頭來問我，「為什麼？」

「因為安利柯和你是朋友，把它送給你，當作你這次得獎的賀禮吧！」爸爸說。

潘克錫一副很難為情的樣子，「我真的可以拿回去嗎？」

「當然可以啊。」我們齊聲回答他。

潘克錫走出門口時，高興得嘴唇還在發抖，甘倫幫他把火車包在手帕裡。

「找一天，我帶你到我爸爸的工廠去，拿些釘子送給你。」潘克錫對我說。

媽媽把一束小花插在甘倫的口袋中，說：「幫我帶去送給你母親！」

甘倫低著頭大聲的說：「謝謝！」

傲慢成性

話說諾琵斯只是偶爾與潘克錫擦撞時，就會故意拍拍袖子，一臉鄙夷的樣子。他自以為家裡有錢，就走路有風，傲慢得目中無人。戴洛希的爸爸也很有錢，但戴洛希卻從不曾以此為傲。諾琵斯有時想一個人占一張長椅，若別人去坐，他就憎惡得好像人家對他有所汙辱似的。他的嘴角無論何時總揚著一種輕蔑的笑容，大夥兒排隊走出教室，如果有人不小心踩到他的鞋，那就不得了了。平常一些無關緊要的小事，他也要當著大家的面罵人，或是恐嚇別人說，要叫對方的爸爸到學校來理論。

他討厭班上所有的同學，而戴洛希好像是他最厭惡的，可能因為戴洛希是班長的關係吧。又因為大家都喜歡甘倫，所以他也非常討厭甘倫。而甘倫若是聽見有人告訴他諾琵斯在背後說他的壞話時，他就說：「怕什麼?他什麼都不知道，理他做什麼?」

有一天，諾琵斯見柯禮提戴著貓皮帽子，便很輕侮著嘲笑他，柯禮提馬上回說：「你應該跟戴洛希學習學習什麼叫作禮貌。」

昨天，諾琵斯告訴老師，說有人踩到了他的腳。

「他故意的嗎?」老師問。

「沒有，我是不小心的。」那位同學急著解釋。

於是老師說：「諾琵斯，你怎麼老在無關緊要的事情上動怒呢？」

諾琵斯就煞有介事的說：「我一定要告訴我爸爸！」

聽到他這麼說，老師立刻生氣的說：「你爸爸也一定會說是你的錯。因為在學校裡，評定對錯，執行賞罰，那是老師的權力！」

接著，老師換個口氣說：「諾琵斯啊！希望你以後能改掉你的脾氣，親切的對待朋友。你也應該知道，這裡有富人，也有窮人，大家就像兄弟一樣相親相愛，為什麼只有你不肯這樣呢？如果大家都相親相愛，你自己也會很快樂的，對不對？你還有什麼話說嗎？」

諾琵斯依然像平時一樣的冷笑著，老師再問他，他只是冷淡的回答：「不知道。」

「坐下吧，不識趣的孩子！你一點感情也沒有！」老師對著他說。

這事總算告一段落，不料坐在諾琵斯前面的「小石匠」回頭來看諾琵斯一眼，對他裝出一個令人捧腹的兔臉，大家都哄笑了起來，老師雖然立刻訓誡了「小石匠」，可是自己也不禁掩口笑了。諾琵斯跟著也笑了，不過，卻是笑得心不甘情不願的。

負傷

今天放學回家的時候，我和爸爸在途中觀看一些三年級學生在街上溜冰。

這時，街頭盡處忽然跑出來一大群人，大家臉上都布滿了憂容，低聲的不知在談論些什麼。人群中有三個是警察，後面則跟著兩個抬擔架的。小孩們從四面八方聚攏過來，只見那擔架上躺著一個臉色發青的男子，頭髮上黏著血，耳朵、嘴角也都是血，一個抱著嬰兒的婦人則跟在擔架旁邊，發狂似的不斷呼喚著：「你回來啊！」

婦人後面還跟著一個背著工作皮袋的男子，也在那裡哭著。

「怎麼了？」爸爸問周遭的人。

聽說這個人是做石匠的，在工作時從五層高的樓上失足掉了下來。

擔架暫時停了下來，許多人紛紛把臉避開不忍心看，那個戴紅羽帽的女老師一副幾乎就要暈倒的樣子，我二年級時的女老師則在旁邊扶著她。

這時，有人拍我的肩，原來是「小石匠」，他臉上毫無血色，蒼白得像個鬼，全身發抖著。一定是因為他父親的緣故。我不禁也想起他爸爸來。

我可以安心的在學校裡讀書，因為爸爸只是在家伏案寫作，所以沒有什麼危險。可是，有許多同學就不然了，他們的爸爸可能是在高橋上工作，或是在機械的齒輪間勞動，一不小心，就會有生命的危險，他們完全和出征的軍人一樣，所以「小石匠」一見到這悲慘的場面，當然有理由害怕了。

爸爸發現到不對勁，就安慰他說：「回家去吧！你爸爸平安無事的。」

「小石匠」邊走邊回頭的漸漸走遠，群眾繼續往前移動，那婦人仍是傷心叫著：「你怎麼能就這樣死了啊！」

「唉呀！他不會死的啦！」周圍的人安慰她，但她仍只是披散著頭髮一直在哭。

這時，忽然有怒罵的聲音傳出：「你怎麼還在偷笑？」

轉頭一看，有個先生怒目對著伍藍地，甚至舉起了手杖把伍藍地的帽子打落在地上。

「還不脫帽表示一點敬意！快點！那個受傷的人正要經過了啦！」

群眾走了過去，血跡長長的在雪上留下痕跡，令人怵目驚心。

囚犯

這無疑是今年最令人驚異的一件事了。

昨天早上，爸爸帶我到孟卡里附近去預訂度假屋，預備夏天去住。掌管那個度假屋的先生是個學校老師，他引導我們去看了度假屋以後，又邀請我們到他的房間去喝茶。他桌上擺了一個圓錐形墨水瓶。這先生說：「這墨水瓶的來歷可長得很哩！」

接著他就告訴我們一個神奇的故事。

多年前這位先生在丘林鎮時，有一個冬天，曾到監獄裡擔任教育囚犯的老師。授課的地方是在監獄的禮拜堂裡，那個禮拜堂是個圓形的建築物，周圍有許多小而高的窗子，窗口都用鐵柵圍住。窗的裡面各有一間斗室，囚犯就站在各自的窗口，把筆記簿攤在窗檻上上課，先生則在昏暗的禮拜堂中走來走去的授課。

斗室很暗，除了囚犯們長滿鬍鬚的臉孔外，其他什麼都看不見。

這些囚犯之中，有一個七十八號的犯人，比其他人都用功，並由衷感謝著老師的教導。他是一個留著滿臉黑鬍的年輕人，與其說他是壞人，不如說他是個不幸者。

他原來是做木工的，因為一時氣不過，把鉋子擲向虐待他的主人，不意誤中頭部，使那主人因而傷重死亡，當然，他也被判了好幾年的刑期。他在三個月中，把讀、寫都學會了，學問增進不少，性情也因此變好，而且懂得懺悔自己的罪過。

有一天，上完課之後，那囚犯向老師招手，請老師走近窗口。他說他隔天就要離開丘林的監獄到威尼斯的監獄去了。

他向老師告別，並用懇求的語氣，請老師能讓他碰一碰老師的手。只見老師伸過手去，他吻著老師的手，說了一聲「謝謝」後，便轉身而去，老師縮回手時才發現，手上滴有他的眼淚。從此以後老師就再也沒有看過他了。

「過了六年，我幾乎早已把這個不幸的人給忘記了，不料前天，突然來了個不認識的人，問我說：『你是某某老師嗎？』

「我問：『你是哪位？』

「他說：『我是七十八號囚犯。六年前，承蒙老師教我讀書寫字。老師還記得嗎？最後一天上課時，老師曾將手遞給我過。如今我已服滿了刑期，今天特來拜望老師，想送一個紀念品給老師，請您收下，就當作是我一點小小的心意，老師！』

「我只是無言的站著，他以為我不想接受他的東西，他那注視著我的眼神好像在說：『六年來的苦刑，還不足以拭淨這雙手的不潔嗎？』

「他眼神中充滿了苦痛，我只好伸手過去，接受他的禮物，就是這個。」

我們仔細看著那墨水瓶，好像是用釘子鑿刻的，真不知費了多少工夫哩！蓋子上雕刻著鋼筆擱在筆記簿上的花樣。周圍刻著「**七十八號敬呈老師，當作六年來的紀念**」幾個字，下面又用小字刻著「**努力與希望**」。

他沒有再說什麼，我們也就告別了。我在回來的路上，心裡總是浮現那禮拜堂小窗口站著囚犯的畫面，還有那向老師告別時的情景，以及在獄中完成的那個墨水瓶。從昨夜，我就一直作這個夢，直到早晨還是念念不忘。

不料，今天到學校去，又聽到一件出乎意料之外的奇事。我坐在戴洛希旁邊，才演算好算術題，就把那墨水瓶的故事告訴了他，連同墨水瓶的由來和雕刻的花樣等，都大略的和他述說了一遍。

戴洛希才聽完，隨即就跳了起來，看看我又看看那賣菜人家的兒子克勒西。克勒西就坐在我們前面，正背對著我們，在那裡專心演練著算術。

戴洛希跟我說：「小聲點！」又捉住了我的手說：「你知道嗎？前天，克勒西對我說，他看見一個他爸爸在北美洲雕刻的墨水瓶，是用手工做的圓錐形墨水瓶，上面刻著鋼筆擱在筆記簿上的花樣，好像就是你說的那個。克勒西說他爸爸在北美洲，聽你這麼說，其實是在牢裡囉。他爸爸犯法時，克勒西還小，所以一定不知道。他媽媽大概也沒有告訴過他，所以還是不要讓他知道的好。」

我默默看著克勒西，這時戴洛希正好算完算術，從桌下遞給克勒西，同時附給克勒西一張紙，拍了一下他的肩膀。

戴洛希又叫我對方才所說的事務必要守口如瓶。下課的時候，戴洛希急忙對我說：「昨天克勒西的爸爸曾經來接過他，今天也許還會再來吧！」

我們走到路口時，果然見到克勒西的爸爸站在路旁，黑色的鬍鬚，頭髮已有點花白，穿著粗製的衣服，那無光彩的臉龐，好像正在沉思。

戴洛希故意跑過去握克勒西的手，大聲的說：「克勒西！拜拜！」

但是，這時我和戴洛希的臉上都有些紅了。克勒西的爸爸雖然親切的看著我們，臉上卻露出若干不安和疑惑的表情來，而我們的心中亦有股解釋不出來的疼惜。

每月故事：溫馨守護情

三月中旬，一個春雨綿綿的早晨，有一個鄉下少年全身沾滿了泥水，一手抱著背包，來到那不勒斯一個著名的醫院門口。

他把一封信遞給門房，說要探望他最近入院的父親。

這個少年的父親去年離鄉背井到法國去打工，前日回到義大利，在那不勒斯上岸後，忽然患病進了這家醫院。他躺在病床上寫信給他的妻子，告訴她自己已經回國，還有住院的事。他的妻子收到信後雖然非常擔心，但因為有一個兒子也正在生病，同時還有一個正待哺乳的小兒子在懷裡，以致她無法分身，不得已才叫大兒子到那不勒斯去探望父親。

警衛把信大略瞥了一眼，就請一個看護婦帶著少年進去。

「你父親叫什麼名字？」看護婦問。

少年以為病人已有了變故，一面暗自著急懷疑，一面戰慄著說出自己父親的名字來。

看護婦一時記不起他所說的姓名，便再問：「是從外國回來的老年職工嗎？」

「是的，他是職工，但是還不太老，是最近才從國外回來的。」少年說時不由緊張了起來。

「他是幾時入院的？」

「五天前吧。」少年看了信上的日期說。

看護婦暫時沉思了一會兒，突然好像記起了什麼，便道：「哦，對了，在第四號病房中的一個床位裡。」

「病得很厲害嗎？」少年焦急的問。

看護婦只是注視著少年，而沒有回答他，說：「跟我來！」

少年跟著看護婦上了樓梯，到了長廊盡處一間很大的病房，少年鼓起勇氣進去，只見所有的病人都蒼白著臉、骨瘦如柴的躺臥著。有的閉著眼，有的凝視著天花板，又有的像小孩似的暗暗啜泣。昏暗的病房中充滿了藥水味，兩個看護婦拿了瓶東西匆忙的來回走著。

來到病房的另一隅，看護婦站在一個病床的前面，扯開了簾幕說：「就在這裡。」

少年哭了出來，急把背包放下，將臉靠在病人的肩上。一手握著那露在被單外的手，病人卻絲毫不動。

少年站起來看著病人的情況，忍不住便哭泣了起來。這時病人把眼睛張開，注視著少年，他似乎有些知覺，可是卻開不了口。病人很瘦，看上去幾乎已認不出是不是他的父親了，他頭髮白了，鬍鬚也長了，臉孔腫脹而青黑，皮膚好像就要裂了似的，同時眼睛變小了，嘴唇也變厚了，根本就不像父親平日的樣子，只是面孔的輪廓和眉間似乎還有些父親的神韻。

病人的呼吸微弱，少年不禁哽咽道：「爸爸！是我啊，你不知道嗎？我是西西洛呀！媽媽她不能來，叫我來探望你的。你看看我啊！你聽不到我說話嗎？」

病人對少年看了一會兒，又把眼閉上了。

「爸爸！爸爸！你怎麼了？我是你兒子西西洛啊！」

病人仍然一動也不動，只是沉沉的呼吸著。少年哭著把椅子拉攏過來坐著等待。眼睛牢牢的注視著他父親，他想起和父親種種的往事……去年送他上船時分別的情景，他說賺了錢就回來，全家一向都是很歡樂的在等待著父親，但當接到他生病的信後，母親的悲愁以及想到父親死去的景象，都一一浮現腦中。

他一想到父親死後，母親穿著喪服和全家人哭泣的樣子，頓時忍不住哀痛極了。

半個小時後，醫生和助手從病房的對面過來，按照病床的順序一一的診察，花了不少工夫。醫生越是走近，西西洛越覺得憂慮。終於診察到隔鄰的病床了，醫生是個駝背的老人，西西洛等不及醫生過來就站起了身，等到醫生走到他身旁，他就忍不住哭了起來。

「這是這位病人的兒子，今天早上從鄉下來的。」看護婦說。

醫生一手搭在少年的肩上，繼而低下身為病人檢查脈搏，手摸額頭，又向看護婦問了近況。

「沒有什麼特別變化，就照先前一樣看護他就是了。」醫生對看護婦說。

「我爸爸怎麼樣了？」少年鼓足勇氣，語帶哽咽的問。

「你不要擔心！他是臉上發了丹毒。雖然很嚴重，但還是有希望。有你在他身邊，真是再好不過了。」

「但是，我和他說話，他好像都意識不清耶！」少年呼吸急迫的說。

「到明天就應該會好點，總之，病應該是有救的，不要太著急。」醫生安慰他說。

西西洛還有話想問，只是還未說出口，醫生就走了。

從此，西西洛就全心服侍他父親的病。有些他原不會做的，譬如替病人整理枕被，或是時常用手去摸摸他的額頭，或是替他趕走蒼蠅，或是呻吟的時候，去看他臉上有何異狀，而看護婦送湯藥來時，他就會拿著湯匙代為餵食。

病人時時張眼看著西西洛，只不過他好像仍是一副莫名其妙的神情，但他每次注視的時間漸漸的長了起來，西西洛用手帕擦眼淚的時候，病人總是凝視著他。

當天晚上，西西洛拿了兩張椅子在病房一隅拼湊著當床睡，隔天，父親好像清醒多了，西西洛說盡種種安慰的話給他聽，他的眼中似乎也露出了感謝的神情。

有一天，他竟嘴唇微顫，好像要說什麼話，但又昏睡了過去，一會兒忽又張開眼找尋看護他的人。醫生來過兩次，都說他好多了。

傍晚，西西洛把茶杯拿近病人嘴邊的時候，只見他唇間已露出微微的笑影。西西洛好興奮，並開始和病人開始話起家常來，把家人的一些事情，以及平時盼望父親回來的情形都說給他聽。

儘管病人懷疑的表情居多，但他仍繼續不斷的和父親說話，病人雖不懂西西洛所說的話，但似乎頗樂意聽到西西洛伴著深情的聲音，所以總是側耳傾聽。

第二天，第三天，第四天，都這樣過去了，病人的情況才覺得好了一些，但忽然又變壞起來，如此反覆不定。西西洛盡了全部心力在服侍，雖有看護婦每天兩次送麵包或乾酪來，但他也只稍微吃了一些，除了病人之外，他現在是什麼都不關心了。

到了第五天，病人的病情忽然嚴重了起來，去問醫生，醫生也搖著頭表示無奈，西西洛倒在椅子上啜泣，唯一可以使人寬心的是，病人的病情雖轉重，但神智似乎反而清醒了許多。他熱情的看著西西洛，且露出歡悅的臉色來，不論藥物飲食，別人餵他他都不肯吃，除了西西洛。

有時他的嘴巴會微動，似乎想說些什麼，每當病人如此時，西西洛就去握住他的手，很快活的這樣說：「爸爸，你就快痊癒了！病好了就可以回家了！快了！您要好好的！」

這天下午四點鐘左右，西西洛依舊在那裡獨自流淚，忽然聽見病房的外側有腳步聲。這時，一個手纏著繃帶的人走進病房來，西西洛站在那裡，發出失控的叫聲，那人回頭一看見西西洛，也叫了起來：「西西洛！」他飛似的靠攏過去。

西西洛倒伏在他父親的懷裡，情不自禁的狂泣。

看護婦都圍在一旁竊竊私語。西西洛仍是哭著，父親吻了兒子幾次，又注視著那位病人。

「呀！西西洛！這從何說起？你竟錯認了別人！你媽媽來信說你已到醫院來了，等了你好久不來，我還在擔憂啊！西西洛你幾時來的？為什麼會發生這樣的錯誤？我已經全好了，你媽媽好嗎？孔賽德拉呢？小寶寶呢？他們都還好吧？我正在辦理出院的手續哩！我們回去吧！天啊！怎麼會有這樣的事！」

西西洛想說家裡的情形，可是竟說不出話來。

父親不斷的吻著兒子，可是兒子只是站著不動。「走吧，回家了！說不定還可以連夜趕回家呢！」說著就想拉著兒子走，西西洛卻定定回視著那病人。

「怎麼？你不回去嗎？」父親驚訝的催促著。

西西洛又回望那病人一眼，病人也張大了眼注視著西西洛。這時，西西洛不覺從心坎裡說出這樣的話來。

「爸！我，我不能回去！我在這裡五天了，已將他當作爸爸一樣的看待了。我實在不忍心就這樣離開，你看他那樣的看著我，什麼都是我餵他吃的。他沒有我是好不了的。他病得很重，我明天再回去好嗎？我不能丟下他就走，他不知是什麼地方的人，我走了，他就要獨自一個人死在這裡了！爸，請讓我暫時留在這裡吧！」

「好一個男孩啊！」周圍的人都齊聲說。

父親一時無法決定，他看看自己的兒子，又看了看那病人。便問周圍的人：「這人是誰？」

「也是和你一樣的鄉下人，剛從國外回來，恰巧和你同日進院。送進醫院來的時候，已經什麼都不知道，話也不會說。家裡的人大概都在遠方，他將你的兒子當成自己的兒子了。」

病人仍是痴痴看著西西洛。

「那麼，你就留在這裡吧！」父親對他兒子說。

「也不可能再留多久了。」看護婦低聲的說。

「好吧！那我先回去了，好教你媽媽放心。這兩塊錢給你當零用。回家再見了！」說畢，吻了一下兒子的額頭就出去了。

西西洛回到病床旁邊，病人似乎安心多了。西西洛仍舊細心看護，哭是已經不哭了，但他的熱心與耐心卻仍然不減從前。餵藥、整理枕被、用手去安撫他、用言語安慰他，從早到晚一直隨侍在旁。

到了次日，病人漸漸病危而呻吟，熱度也驟然升高。傍晚醫生來診察，說今晚恐怕很難熬過去。西西洛更加留意照顧，病人時時動著嘴脣，像要說什麼話似的，快要天亮的時候，看護婦進來一見病人的狀況，急忙跑去通知醫生。過了一會兒，醫生來了。

「已經不行了。」醫生說。

西西洛握住病人的手，病人張開眼向西西洛看了一看，就把眼閉上了。

這時，西西洛覺得病人在握緊他的手，便喊叫著說：「他緊握著我的手呢！」

醫生俯身去觀察病人，不久即示意看護婦從牆壁上把耶穌的十字架取來。

「他死了？」西西洛叫著說。

「回去吧，你的責任已了。像你這樣好心的人，神會保祐你的，快回去吧，孩子！」醫生說。

看護婦把窗上種的花取下來交給西西洛。

「沒有什麼可以送你的，請將這束花當作在醫院這段日子的紀念吧！」

「謝謝！」西西洛一手接花一手拭淚。「但是，我要走很遠的路呢，花會枯掉的。」說著就將花分散在病床四周。

「把這留下當作紀念吧！謝謝，阿姨，謝謝，大夫！」然後又對著死者說：「再會！……」

話未完，忽然想到該如何稱呼他呢？猶豫了一會兒，那五天來叫慣了的稱呼，不覺就脫口而出：「再會了！爸爸！」說完，取了背包，忍住一身疲勞，慢慢走了出去，此刻天已破曉。

參觀鐵工廠

潘克錫昨晚跑來約我去鐵工廠看看，今天和爸爸一起出門的時候，爸爸就順道帶著我來到潘克錫爸爸的工廠。我們到工廠時，看見卡洛斐抱了一包東西從裡面跑出來，我知道卡洛斐時常拿些爐屑去換舊紙，原來是從這裡拿出去的。走到工廠門口，潘克錫正坐在一角把書擺在膝上用功呢。他一見到我們就站起來招呼著。

工廠十分寬大，到處都是炭和灰，還有各式各樣的鎚子、鉗子、鐵棒及廢鐵等類的東西。屋子的角落燃燒著小小的爐火，有一個少年正在拉著風箱。潘克錫的爸爸則是站在鐵砧前面，一個年輕人正把鐵棒插入爐中。

他父親一見到我們，便脫下帽子說：「好不容易才邀請到各位光臨，這位就是送小火車給潘克錫的小朋友吧？想看看我怎麼做工的嗎？讓我表演給你們看。」他臉上布滿了微笑。以前那種令人害怕的兇惡眼神，現在都不見了。

只見那年輕人將赤紅的鐵棒取出，他父親就在砧上敲打起來。他正在做的是欄杆中的軀幹，用大大的鎚在鐵棒的前後敲打著。轉眼間，那鐵棒就彎扁成花瓣模樣，其手藝之純熟，令人不得不佩服。潘克錫很得意似的對我們點點頭，好像是在說：「你們看！我爸爸很厲害吧！」

鐵匠將做好的成品拿給我們看。「如何？小朋友！這下你知道整個過程了吧？」

「太好了！」爸爸說：「看樣子，你已經恢復老樣子了。」

鐵匠略紅了臉，拭著汗道：「嗯，我又能像從前一樣拚命的工作了。我能改好到這個地步，你認為是誰的功勞呢？」

爸爸似乎一時不了解他的話，鐵匠用手指著他自己的兒子，「全是託了這小傢伙的福！做爸爸的只管自己喝酒，像對狗一樣對待他，他卻埋頭努力用功，令我這個做爸爸的與有榮焉！我看見那獎牌的時候——喂！小傢伙！過來給你爸爸瞧瞧！」

潘克錫跑過來，鐵匠將他兒子摟在身邊說：「喂！你這傢伙！還不替你爸爸把臉擦一擦嗎？」

潘克錫就去親吻他爸爸墨黑的臉孔，把自己也弄黑了。

「哈哈哈！」鐵匠笑著把兒子抱起。

我們辭別了鐵匠父子，潘克錫又跟著跑出來，將一束小釘子塞入我的口袋裡。

在路上，爸爸對我說：「你曾把那火車給了潘克錫，其實，那火車即使是用黃金做成的，即使裡面裝滿了珍珠，但對他的孝行而言，還只是最輕微的禮物呢！」

馬戲班小孩

最近街上非常熱鬧，空地上到處都搭著戲臺和說書的棚子。

我們的窗下也有一個布棚，那是從威尼斯來的馬戲班，帶了五匹馬在這裡賣藝。棚設於空地的中央，棚的一旁停著三部馬車。賣藝的人睡覺、打扮都在這車裡。馬車變成了三間房子，只不過比房子多了輪子罷了。

馬車上各有窗子和煙囪，不斷的冒出煙，窗外晒著嬰兒的衣服，女人有時抱著嬰孩在哺乳，有時在弄食物，有時還要走繩。平常若說起變戲法的，好像他們都不是人，其實，他們提供娛樂給人們，自己私底下還是要很正常的過著日子哩！

我覺得他們好辛苦哦！在這樣的冬天裡，終日只穿著一件內衣在布棚與馬車間奔走。站著隨便吃一口或兩口的食物便算是休息了。棚裡的觀眾聚集了以後，如果起了風，把繩子吹斷或是把燈火弄滅，一切就都完了！他們不但要退還觀眾的錢，還要等觀眾走後，連夜把棚子修好。

馬戲班中有兩個孩子。其中較小的一個，在空地上練習行走的時候，我爸爸看過他，知道他是班主的兒子，去年在維多利亞騎馬賣藝時，我們也曾看過他。他現在已經長大了許多，大約有八歲了吧。他有一張聰明的圓臉，圓錐形的帽子旁露出黑髮。小丑上衣的袖子是白色的，上面繡著黑色的花樣，腳上穿著布鞋。

看來他真是個快樂的小孩，大家都喜歡他，他什麼都會做。早晨起來，披了圍巾就去拿牛乳，從暫租的馬房裡牽出馬、看管嬰兒、搬運鐵圈、踏凳、棍棒及鐵網，打掃馬車、點燈，他全都一手包辦。空閒的時候，卻只是纏在媽媽身邊。我爸爸時常從窗口看著他，他的爸媽似乎有許多地方不像下等階層的人，據說他們很愛他的。

晚上，我們到棚裡去看戲，這天天氣頗冷，觀眾不多。可是那孩子為了讓這些寥寥可數的觀眾高興，仍演得非常賣力。或是從高處飛跳下來，或是拉住馬的尾巴，或是獨自走繩，而他那可愛的黑臉上總浮現著微笑。

他爸爸穿著件紅色的薄衣和白色的褲子，拿著皮鞭看著自己的兒子玩把戲，臉上似乎帶著說不出的悲容。

爸爸很同情那小孩子，第二天，和來訪的畫家代利斯談起，「他們一家真是拚了命在工作，可是生意不好，生活很困苦！尤其是那個小孩子，我很喜歡他。可有什麼幫助他們的方法呢？」

畫家拍著手道：「我想到一個好方法了！你就寫些文章投寄給報社，你那麼會寫文章，可將那藝人的絕妙表演描寫出來，而我呢，我來替那孩子畫張像。報紙是沒有人不看的，他們的生意一定會因此興隆起來。」

於是，爸爸執筆寫起文章來，把我們在窗口所看見的情形，動人的寫下來，畫家也畫了一張栩栩如生的肖像，登在星期六的晚報上。

第二天的日場馬戲，果然觀眾大增，場子中幾乎沒有多餘立足的地方。觀眾手裡都拿著報紙，有的人還拿給那小孩看。只見那小孩歡喜得狂跳。班主也十分高興，因為他們的名字從來不曾被登上過報紙。

爸爸坐在我的旁邊，觀眾中有許多彼此相識的人，馬戲班的入口有個體育老師站著，他曾當過格里波底將軍的部下。而在我的對面，「小石匠」正靠在他爸爸身旁坐著，當他看見我時，立刻裝出一張兔臉來。另外一邊，卡洛斐伸著手指，在暗地裡計算觀眾的人數。在我們附近，可憐的洛佩弟倚在他爸爸身上，旁邊還放著枴杖呢。

馬戲開演了。只見那小藝人在馬上、踏凳上、繩索上，演出各式各樣的絕技。他每次飛躍下來，觀眾都用力的拍手，有的人還會去摸他的頭，其他的藝人，也都努力秀出種種的本領，可是觀眾的心目中都只有那個小孩，他不出場的時候，觀眾都一副意興闌珊的樣子。

過了一會兒，入口處站著的體育老師，附在班主的耳朵旁，不知說了些什麼，又尋人似的四顧張望，終於看向我們這邊。大概是他把登在報上的事告訴了班主吧。爸爸預感他們會來答謝，於是對我說：「安利柯！你在這裡看，我到外面等你。」說完便出場去了。

那小孩和他爸爸談了一會兒，又出來獻技。站在飛奔的馬上，裝出水手、士兵及走繩的樣子來，每當經過我面前時，總會特別向我這邊望一眼。一下馬，就拿著小丑的帽子繞場。觀眾有的投錢在裡面，也有的會丟給他零嘴吃。

我也預備好了錢，想等他再來的時候給他，不料他到了我身旁，不但不把帽子伸出，反而縮了回去，只目視著我就走過去了。老實說，我有點不開心，心想，他為什麼如此呢？

整個馬戲表演完畢後，班主向觀眾道謝，大家都起身走出場外。我被擠在群眾中，走出門口的時候，覺得有人拉著我的手。回頭一看，原來就是那個小藝人。小小的黑臉上垂著黑髮，對著我微笑，手裡滿捧著糖果。此時我才明白他的意思。

「你要不要拿一些糖果？」他用了他的鄉土口音說。

我點了點頭，拿了兩、三顆。

「我可以親你嗎？」他又說。

我把臉移過去，他用手拭去了自己臉上的白粉，把手勾住了我的頸項，在我頰上吻了兩下說：「記得要給你爸爸哦！」

尋人

今天化妝隊伍通過時，發生了一件非常不幸的事，幸好沒有釀成意外的災禍。

桑卡洛的空地上，聚集了好多用紅花、白花、黃花裝飾著的人，各式各樣的化妝隊伍來來往往巡遊，有裝飾成棚子的馬車，有小小的舞臺，還有乘著小丑、士兵、廚師、水手、牧羊婦人等的船，五花八門的，令人眼花撩亂。

喇叭聲、鼓聲，幾乎要把人的耳朵震聾，馬車中的化妝隊伍，有些在飲酒跳舞，有些則和行人及在窗口上望著的人們攀談，同時，對方也會竭力發出歡呼聲來回應，還有的會丟水果和糖給他們。在馬車上和群眾的頭上，只看見飛揚的旗幟、閃閃發光的帽子，和飄動的帽羽，所有能發出聲音的東西，更是將整條街喧鬧得歡情無比。

我們的馬車到達空地時，恰好我們前面有一輛四匹馬的馬車，馬兒戴著鑲金的馬具，而且用紙花裝飾著。車中約有十四、五個紳士，裝扮成法國的貴族，穿著發光的綢衣，頭上戴著白髮的假面具和有羽毛的帽子，腰間掛著小劍，胸前用花邊蕾絲等裝飾著，樣子非常好看，他們一齊唱著法國歌曲，把糖果投擲給群眾，群眾都拍手齊聲喝采。

這時，突然有一個男人從我們的左邊走來，兩手抱了一個約五、六歲的小女孩，把她高高的舉起在群眾之上。那女孩哭得不成樣子，且全身抽搐，兩手發抖著。男子擠到紳士們的馬車旁去，看見車中的一位紳士湊身前來看他，他就大聲叫說：

「替我接住這小孩，她迷路了。麻煩你將她高高舉起來，我想她媽媽大概就在這附近吧，這樣她媽媽應該就會看到她的！」

紳士抱過小孩，而其他的紳士們也不再唱歌了。小孩拚命的哭著，紳士們把面具摘下，馬車則緩緩的前進。

這時在空地的另一邊，有一個婦人發狂似的在群眾中擠來擠去，哭喊著：

「瑪利亞！瑪利亞！我女兒不見了！」

她這樣狂哭了好一會兒，而她仍只是被擠在群眾之中，心裡百般焦躁。

車上的紳士將小孩抱在他用花邊裝飾著的胸前，一邊向四方環視，一邊逗弄著小孩，小孩不知自己身在何處，只會用手遮住臉，啜泣得上氣不接下氣。這哭聲似乎把紳士弄得手足無措。其餘的紳士們想以糖果來哄這小孩，但她卻用手推拒，哭得更加厲害。

紳士對著群眾叫說：「大家一起找找她的媽媽吧！」大家都向四方留意著，但卻不見有像小孩媽媽的人。一直到了羅馬街，終於看見有一位婦人向馬車方向追趕過來。啊！當時的景象，我真是畢生難忘！

原來那婦人已狂亂得不成人形了，只見她髮也亂了，臉也歪了，衣服也破了，還一直發出一種怪異的聲音，實在分辨不出是快樂的聲音還是近乎瘋狂的聲音。她奔到車前，突然伸出兩手想去抱那小孩，馬車於是停住了。

「在這裡呢。」紳士將小孩吻了一下，遞給她媽媽。她媽媽發狂似的抱過去緊貼在胸前，可是小孩的一隻手還放在紳士的手裡。紳士從自己的右手脫下一枚戒指，很快的套在小孩的手指上。

「這個送妳，就當作將來的嫁妝吧。」

那個媽媽整個人都呆了，像化石般站著不動，而群眾的喝采聲從四面八方響了起來，紳士重新把面具戴上，而其他同伴又開始唱起歌來，馬車又慢慢的從拍手喝采聲中繼續向前移動。

盲童

我們的老師因為生了大病，便由五年級的老師來代課。

這位老師以前曾經在盲童學校裡教過，是學校裡年紀最大的老師。頭髮白得好像是棉花做成的假髮，說話的調調兒很有趣，好像在唱著悲傷的歌。可是他的學識很豐富，說話也很有技巧，並且熟悉種種人情世故。當他進入教室時，看見一個眼睛上貼著繃帶的小孩，就走近他的身旁問他怎麼了。

「在這個年紀要特別注意眼睛哦！我的孩子。」他大聲的說。

「聽說老師曾當過盲童學校裡的老師，是真的嗎？」

「嗯，有四、五年吧。」

「可以將那裡的情形講給我們聽嗎？」戴洛希低聲的問。

老師走回講臺上。

「你們說『盲童，盲童』好像很平常似的。但你們真懂得『盲』這個字的意義嗎？

「請想想看，什麼都看不見，晝夜也不能分辨，天空的顏色、太陽的光、爸爸媽媽的面貌，以及自己周圍的事物，手所碰到的東西，一切都看不見。好像一出生就被埋在土裡，注定永久住在黑暗之中。你們只要暫時把眼睛閉上，並想像自己終身都得這樣活著，保證你們馬上就會說不要，甚至有點害怕了呢！對不對？

「你們第一次到盲童學校去的時候，在休息時間當中，可以看見盲童在吹簫、奏笛，在大踏步的上下樓梯，在走廊或是寢室奔跑，在大聲的互相交談。你們也許覺得他們的境遇並沒有怎樣的不幸。其實，真正的情況若不用心細細的觀察體會，一般正常人是不會明白的。

「他們在十六、七歲時，很多是意氣風發的少年，好像也不以自己是殘障為苦。可是，當我們見到他們那種傲慢自矜的神情，便可預想得到，他們將來覺悟到自己的不幸時，這中間要經過多少的苦難過程啊！

「現在其中似乎也有已覺悟到自己是不幸的人，他們雖已覺悟，而且沒有輕易露出悲傷的表情，但可以想見他們也有偷偷哭泣的時候啊！各位同學！這裡面有些人只患病兩、三天眼就瞎了，也有的捱了好幾年眼疾之苦才瞎的。還有一出世就盲的，就像是活在夜的世界，或是活在大墳墓之中，他們從不曾見過人的臉是怎樣的。

「你們想想看，他們一想到自己與別人的差異，不禁自問『為什麼我和別人不一樣？啊！如果我們眼睛是雪亮的……』的時候，那將是一個多麼令人於心不忍的畫面啊！

「與盲童生活過幾年的我，永遠記得閉著眼，沒有光明沒有歡樂的那些小孩們。現在看見了你們，覺得你們之中無論那一個，都不能說自己是不幸的。試想，義大利全國有兩萬六千個盲人，也就是說，不能看見光明的有兩萬六千人啊！知道嗎？如果這些人排隊從這窗口通過，要四個鐘頭之久呢！」

老師的話告一段落。教室裡變得十分安靜。戴洛希又問：「老師，盲人的感覺是不是比一般人靈敏？」

「是的，除了眼睛之外，他們其他器官的感覺是很靈敏的。因為無眼可用，只好多利用別的感覺來代替眼睛，這當然是要經過特別訓練的，每天天一亮，寢室裡的每一個盲童就會猜：『今天有太陽吧！』通常最早穿好衣服的即會跑出中庭，用手在空中感覺日光的有無之後，再跑回來告訴問的人說：『有太陽唷。』

「盲童還能聽了別人的說話聲，就辨出說話的人的高矮來呢。我們平常都是用眼睛去觀察一個人的外貌，而他們光聽聲音就能料得八九不離十。

「他們能牢牢記住人的聲音，一個房間之中，只要有一個人在那裡說話，其餘的人雖不出聲，他們也能辨別得出屋裡的人數來。

「他們能碰碰湯匙就知其發光的程度，女孩子還能分辨染過的毛線與沒染過的毛線。將他們排成兩列隊伍在街上行走的時候，經過商店，他們只要聞聞氣味就能知道賣的是什麼東西，陀螺旋轉的時候，他們只要聽到那『嗡嗡嗡』的聲音，就能準確的走過去抓在手裡。他們能跳繩，用小石塊堆成房屋，採花，用各種的草巧妙的編織成席子或籃子。

「他們的觸覺十分敏銳，觸覺就是他們的視覺。他們最喜歡摸索物體的形狀。帶他們到工業品陳列所去的時候，只見他們熱心的撫摸那陳列的幾何形體、房屋模型、樂器等等，每個人都充滿了驚喜的表情，從各個角度去撫摸，有的還把它翻過身，想要探測其構造的式樣！這對他們而言就叫做『看』。」

卡洛斐問老師，盲人是否真的工於計算？

「當然是真的囉。他們也學算術與讀寫。讀本的文字是突出在紙上的，他們用觸摸代替閱讀。每個人讀得都很快呢！他們也能寫，不用墨水，用針在厚紙上刺成小孔，利用小孔的排列樣式來代替每個字母。然後只要把厚紙翻個面，那小孔就會突出在背後，因此便能邊摸邊讀了。他們就用這樣的方法作文、通信和計算。

「他們的心算都很厲害，也許正是因為眼睛一無所見，心就格外專一的緣故吧。

「盲童讀書很熱心，連小學生也知曉許多歷史上的事情，大家互相討論。四、五個人一坐下，雖然彼此看不見談話的對象在哪裡，但大家同時談話，他們一句話都不會漏聽或誤聽。

「盲童也和老師很熟，他們能利用腳步聲與氣味來認識老師。只要聽了老師的一句話，就能感覺出老師今天的心情是高興或是懊惱。老師稱讚他們的時候，他們都會來拉著老師的手臂，充分表達出他們的高興和喜樂。他們的友情極好，總是在一起玩耍。

「要使他們分離，不是一件容易的事。他們的判斷通常都很正確，善惡的見解也很明白，聽到令他們感動的話，就會表現出不凡的共鳴來。」

華提尼問：「他們善不善於使用樂器？」

「他們非常喜歡音樂，音樂是他們快樂的泉源，音樂是他們的生命。才入學的小小盲童，聽三個鐘頭的演奏就能體會箇中奧妙，如果對他們說：『你演奏得不好哦！』他們就會很失望，但因此會更拚了命去學習。把頭後仰，嘴上露出微笑，紅著臉，一心一意，在那黑暗的世界中，心領神會的聽著和諧的曲調。見後他們那種忘我的神情，就可以知道音樂對他們而言是何等的神聖了。

「如果對他們說，你可以成為一個音樂家，他們就會發出歡呼聲，露出笑臉來。樂器拉得最好、彈得最好的人，都會被大家敬愛得如同王侯一般。

「他們整天談著有關音樂的話題，連晚上在床上也一樣，白天疲倦得要打瞌睡的時候，也仍在小聲的談著樂劇、音樂的名人、樂器或樂隊的事。不准讀書和演奏，對他們來說是最嚴重的懲罰，那時候，他們的悲哀會使人見了就不忍再將那種責罰加諸在他們身上。就好像光明在我們的眼睛裡是不可或缺的東西一樣，音樂在他們的心裡也是不能缺少的東西。」

戴洛希問：「我們可以到盲童學校去參觀嗎？」

「當然可以啊。但是你們小孩還是不要去的好。等過幾年稍稍長大，能完全了解什麼是不幸，且能同情這不幸了以後再去。因為那種光景令人看了會難過的。

「你們只要經過盲童學校前面，就可以看見有小孩坐在窗口，一動也不動的呼吸著新鮮空氣。平時看過去，好像他們正在眺望那寬大的綠野或蒼翠的山峰，然而一想到他們是什麼都看不見，永遠不能看見這美麗的大自然，這時，你們的心一定會好像受到某種衝擊，覺得這時你們自己也成了盲人了。

「其中，一出生就盲了的，因為從來不曾見過這世界，所以苦痛也就不多。至於懂事以後才盲了的，心裡還記得各種事情，又明明知道從今以後什麼也不能再看見了，一想到心中所記得的印象就要逐日的消退下去，自己所愛的人的面容就要漸漸退出記憶之外了，他們就會覺得自己的心一天比一天黑暗了。

「有一天，有一個小孩，非常悲哀的和我說：「只要那麼一下下也好，讓我的眼睛再看見一次，再看看我媽媽的臉孔，我已記不清楚媽媽的面貌了！」母親來探望他們的時候，他們就把手放在母親的臉上撫摸，一邊還反覆的叫著：『媽媽！媽媽！』看見那種場景，任何鐵石心腸的人都會潸然淚下的！

「離開了那裡，每個正常人都會覺得自己的眼睛能夠看得見實在是件值得慶幸的事，能看見人、看見天空，真是個天大的恩寵。啊！我猜想你們見到了他們，如果能夠，誰都寧願分出自己一部分的視力，來給那些可憐的——太陽不替他們發光，母親不給他們臉看的孩子們吧！」

老師生病了

今天下午從學校回來，順便去探望老師的病，他是因為操勞過度而累出病來的。

老師每天授課五小時，還要去夜校輔導課業兩小時，吃飯經常是草草解決，從早到晚一直辛苦工作，沒有休息，所以把身體弄壞了，這些情形都是媽媽說給我聽的。

媽媽在老師家門口等我，我一個人進去看老師，在樓梯間看見寇帝老師，他就是那個會哄嚇小孩但從不責罰的老師。他張大了眼睛看著我，面無表情的用了獅吼般的聲音講笑話，讓我一直到四樓去按門鈴的時候還在笑。僕人引我進入狹小陰暗的房間，我這才止住了笑意。老師在床上躺著，當他看見我時，和藹可親的對我一笑。

「啊！安利柯嗎？」

我走近床前，老師一手搭在我的肩上：「真高興看到你！安利柯！學校裡還好吧？你們大家都好嗎？唉，我雖不在那裡，你們仍可以好好的用功，不是嗎？」

我想回答說「不」，老師卻截斷了我的話：「一定是的，你們都很自重的！」說完便嘆息了一聲。

我注意到牆上掛著許多相片。

「你看見了嗎？」老師說：「這都是二十幾年前的相片了，他們都是我教過的學生呢。唉！個個都是好孩子。這就是我的紀念品，我預備將來死的時候，看著這許多相片斷氣，我的一生就是在這些勇敢而淘氣的孩子當中度過的。你如果畢了業，也送我一張相片！好嗎？」說著就從桌上取來一個橘子塞在我手裡。

「沒有什麼可以給你的，這是別人送的。」

我凝視著橘子，不覺悲傷起來，自己也不知道為什麼。

「我和你講，」老師又說：「我當然希望病能好起來，萬一我好不了，老師盼望你用心學習算術，因為你的算術不好。要好好的用功喔！萬事起頭難，世上沒有做不到的事，所謂不能，無非是自己用心不夠罷了。」

這時老師呼吸急促了起來，神情十分痛苦。

「我還在發燒呢！」老師嘆息說：「我差不多沒救了！所以盼你將算術的練習題好好的多演練、多用功！做不出來的時候，暫時休息一下再做，要一題一題的做，但是不要心急！勉強是做不好的，快回去吧！不用再來了，將來在學校裡再見吧！如果不能再見面，你要時時想起我這個愛你的四年級老師哦！」

我都快要哭出來了。

「靠過來些！」老師說著，就在我頭髮上吻了一下說：「可以回去了！」他眼睛轉向牆上看。我飛快的跑下樓梯，只想趕快投到媽媽的懷裡去，因為我滿眶的淚水就要掉出來了。

不只是街道

安利柯：

今天你從老師家回來的時候，我在窗口望著你，你碰撞到一位婦人。此後走在街上時一切都該要小心呀！即使在街上，也有我們應守的本分，既然知道在家裡要乖要守分，那麼在街上應該也是一樣的呀。

安利柯，不要忘了！遇見老人或乞丐，抱著小孩的婦人，拄著枴杖的人，跛腳背著重物的人，穿著喪服的人，一定要親切的讓路給他們。對於年邁、不幸、殘廢、勞動的人和慈愛的母親也應表示敬意。見到有人將被車子碰撞時，如果那是小孩，應該馬上去救援；如果他是大人的話，也應想辦法去幫助他。見有小孩獨自在街上哭，一定要問他原因；見有老人掉了東西要替他拾起。

有小孩在打架，要把他們拉開，如果那是大人，就不要靠攏過去。街上的暴動行為最好不要看，因為看到的都是無理性的殘暴。有人被警察銬著走過的時候，雖然會有許多人聚集在那裡看，但你也不該加入張望，因為那人或許是被冤枉的也說不定。如果有醫院的救護車正要通過，不要和朋友談天說笑，因為在車中的或許是臨終的病人，也或許是已經去世的人，說不定明天自己家裡也會發生這樣的事！

如果遇到排成兩列正在行走的孤兒院小孩，要表示敬意，無論所見的是盲人、是殘障的人、孤兒或是棄兒，都要想到此刻，我眼前通過的不是別的，而是人間的不幸與慈悲。如果遇見可厭可笑的殘廢者，就裝作沒看見好了。路上有未熄的火柴菸蒂，應隨即踏熄，因為要是弄不好，說不定會釀成意外。

有人問你路，你應該親切而仔細的告訴他。不要見人就笑；沒有必要時不要隨意奔跑，不要高聲大叫。總之，「街道」是應該尊敬的，一個國家國民的教育程度，從街上行人的舉動就可以看出，街上如果有不好的樣子，家裡也必定有同樣不好的情形。

將來不得已要離開了這城市的時候，如果還能把那住過的地方仔細的記住，並把某處某處毫不遺漏的記得清清楚楚，那將是多麼愉快的事！你的出生地通常是你童年的世界，你曾在這裡隨著母親學走路，在這裡學到了最初的知識，養成最初的習慣，結交到最初的朋友。這個地方就像是生你的母親，教過你，愛過你。

街道有生命，它不只是街道而已。

——爸爸

第六卷　三月

在夜校上課的人們

昨晚爸爸帶我去參觀夜校。

當學校亮了燈後，上課的人們漸漸從各處趕來。進去一看，只見校長和老師們正在抱怨，據說，方才有人丟石頭把玻璃窗打破了。校工追趕出去，從人群中捉住了一個小孩。

這時，住在對面的施泰勒利跑來說：「不是他，我看見丟石頭的是伍藍地。伍藍地還對我說：『你如果去告密，我不會放過你的！』但我不怕他。」

校長說非開除這個伍藍地不可。

這時，上課的人已聚集了兩、三百人之多。我覺得夜校真是有趣，有十二歲左右的小孩，也有才從工廠回來、留著鬍鬚而拿著書本、筆記簿的大人，還有木匠，黑臉的伙夫，有手上沾著石灰的石匠，有髮上沾滿白粉的麵包店學徒，油漆的味道、皮革的味道、汽油的味道，各行各業的味道都有。

還有，砲兵工廠的工人也穿著軍服似的衣服，一批批的由班長率領而來。大家都急忙找著座位，一坐下便低頭用功起來。

有的翻開筆記簿到老師那裡去求解答，我看見那個平常叫作「小律師」、穿著亮麗衣著的老師，正被四、五個工人圍著問問題。有一個開染料店的老闆，把筆記簿用紅筆、藍筆畫得五顏六色的，引得那跛腳老師一直帶著笑。

我的老師病已痊癒了，明天大概就可以來上課，晚上也可以在學校裡看見他了。教室的門是開著的，由外面可以看見教室裡面的一切情形。正式上課以後，他們的眼睛都不離書本，那種用功的精神，真是令我佩服得五體投地。

據校長說，他們為了準時到校上課，好多人都是隨便解決晚餐，甚至有人是空著肚子來的。

可是，有些年紀小的，課上了一半，便趴在桌上打起瞌睡，有一個竟將頭靠在椅子上睡了過去，老師還用筆輕搔他的耳朵哩。大人都不打瞌睡，而且都目不轉睛的專心聽課。當我看見那種滿臉長了鬍鬚的人，卻坐在我們的小椅子上用功時，心中的感動真是筆墨無法形容。

我們又上了一層樓去，走到我一年級時的教室門口，看見我那時的座位上坐著一位滿臉鬍鬚而手上還綁著繃帶的人，他大概是在工廠工作時被機器弄傷手的吧，他正在慢慢寫著字呢。

最有趣的是，我看見了「小石匠」的爸爸，他剛好就坐在「小石匠」的座位上，用手托著頭，一心一意的在那裡看書。這不是巧合。據說，他第一晚到學校來，就和校長商量：「校長！請讓我坐在我們家『兔頭』的位子上吧！」他無論何時都稱自己兒子為「兔頭」。

爸爸一直陪我看到他們上課完畢。

走在街上，看見婦人們都抱著兒女等丈夫從夜校回來。在學校門口，丈夫從妻子手裡抱過兒女，把書本、筆記簿交給妻子，一家大小一起回家去。頓時，整條街上人聲鼎沸，過了一會兒才漸漸靜下來，最後才見校長他高長瘦削的身影消失在街的盡頭。

互毆事件

這原是意料中的事。

伍藍地因被校長勒令退學，而想找施泰勒利報仇，他故意在放學路上等候施泰勒利。施泰勒利每天都會到對街的女校接他妹妹一起回家。雪兒姊姊一走出校門，正好看見他們在互毆，你來我往的相持不下，嚇得立刻跑回家。

據說當時情形是這樣的，伍藍地把鴨舌帽歪戴在左耳旁，躡手躡腳的走到施泰勒利的後面，然後故意把他妹妹的頭髮向後猛拉，害他妹妹差點跌倒，跟著她就哭了起來。

施泰勒利本能反應的回頭，就看到伍藍地在那神氣的好像在說「我就是比你囂張，算準你沒用，不敢出聲，如果你敢廢話，看我怎麼修理你」的樣子。

不料施泰勒利卻毫不懼怕，他個子雖小，但竟敢跳過去攫住對手，一拳揮去。

可惜的是，還沒有打著，反被伍藍地回打了一頓，這時，街上除了女學生外沒有別人，因此也沒人敢上前去把他們分開。伍藍地把施泰勒利打倒在地，一陣亂打猛踢，只見施泰勒利鼻青臉腫，鼻孔嘴角都流出血來。

儘管這樣，施泰勒利仍不屈服的怒罵著說：「有本事你就殺了我，我不會饒你的！」

兩人又扭打成一團，群眾中有人說：「我但願那個小的贏！」有人附和道：「他是保護妹妹的，加油！加油！給他一拳！」有的在罵伍藍地說：「欺負弱小，算什麼好漢！」但伍藍地仍瘋狂扭打著施泰勒利。

「服了吧？」

「不服！」

「服了吧？」

「不服！」

忽然，施泰勒利像吃了大力丸般的翻起身來，拚了命撲向伍藍地，使盡吃奶的力，把伍藍地整個人壓倒在石階上，矮小的施泰勒利反而騎在上面。

「啊！這傢伙帶著小刀呢！」旁邊一個男子叫著，跑過來想奪下伍藍地的小刀。

施泰勒利這下憤怒到了極點，忘了自己已經把伍藍地的手臂捉住，情急之下，一口咬了他的手，小刀也就落了下來。

伍藍地的手流血了，這時有許多人趕來把兩人拉開，伍藍地也乘機狼狽的逃開了。施泰勒利滿臉都是傷痕，一隻眼睛還瘀青，但他只是帶著一種類似戰勝的靦覥，站在嘩啦啦哭著的妹妹身旁。有兩、三個小女孩替他撿起散落在地上的書本和筆記簿。

「了不起！了不起！這麼小就會保護妹妹。」旁邊有人說。

施泰勒利把書包看得比打架的勝利還重要。只見他將書本、筆記簿一一檢查過，看看有沒有遺失或破損的，還用袖子把書擦一擦，又把所有的筆點過一遍，放回原來的地方，最後才以一種平常的態度對妹妹說：「回家吧！我還有一題算術還沒有解出來哩！」

同學們的家長

施泰勒利的爸爸唯恐自己的兒子再遇到不友善的伍藍地，今天特地來接他回家。其實，伍藍地已經被送到少年感化院，短時間內不會再出現了。

今天同學家長來的不少。柯禮提的爸爸也來了，他的長相和他的兒子很神似，是個瘦小敏捷、頭髮硬挺的人，上衣的鈕扣帶著勳章。

同學的爸媽我大部分都已認識了，有一個駝著背的老婦人，為了在念二年級的孫子，不管是下雨或下雪，每天總會到學校來走個好幾回，替他孫子穿外套、脫外套、整理領結、拍拍灰塵、整理筆記簿什麼的，對她而言，恐怕除了孫子以外，整個世界已經沒有別的什麼值得掛念了吧。

還有那被馬車輾傷了腳的洛佩弟的爸爸，他也是常來學校的一個。洛佩弟的同學在放學時會擁抱洛佩弟說再見，而他爸爸就會去擁抱他們作為還禮，如果對方是個貧窮人家的孩子，那他就會更疼惜的向他道謝。

其中，也有令人心酸的事。有一個紳士，本來每天都會帶兒子們來學校的。後來他因為有一個兒子去世了，一個月來，只叫女僕代他接送。昨天偶然再到學校來時，見到那已過世的孩子的同學，不禁躲在屋角用手掩著面，老淚縱橫的哭了起來，這情況被校長看見，便拉著他一同到校長室去。

在許多的家長中，有的能全數記得自己孩子同學的姓名。隔壁女校和初中部的許多學生，也有的會陪著自己的弟弟來學校。有一位以前曾做過大佐的老紳士，見同學們有書本、筆記簿掉落的，他就會代為撿起。有時在學校裡，會看見穿著華麗衣服的紳士和頭上包著頭巾或是手上提著籃子的婦人，一路聊著學校裡的事情。

「這次的算術題目很煩人哩！」

「那個文法課今天是教不完了。」

同年級中一有生病的同學，大家馬上就會知道。若病好了，大家就都喜形於色。今天克勒西那賣菜的媽媽身邊，大約有十來個叔叔伯伯，正探問和我弟弟同年級的一個孩子的病況。這小孩就住在賣菜的他家附近，正患著重病呢。

在學校裡，無論是來自什麼階層的家庭，大家都成了平等的好朋友，每次快放學的時候，就是所有家長們聚會的時光，他們或是站在教室後頭，或是站在學校門口，當然，坐在位子上的我們，早已歸心似箭。

七十八號犯人

昨天下午，發生了一件令我感動良久的事。

話說最近四、五天來，那個賣菜的婦人遇到戴洛希，總是會用一種充滿又敬又愛的眼光注視著他，因為戴洛希自從知道了那七十八號犯人和墨水瓶的故事後，就特別愛護她的兒子克勒西。

在學校的時候，戴洛希會幫克勒西許多事，有時還會送他鉛筆或紙，戴洛希對克勒西爸爸的不幸感到無限的憐憫，所以待他就像對自己弟弟一般的用心。

而克勒西的媽媽這幾天見到了戴洛希，總會睜大著眼睛，帶著慈祥的眸光看著他。她是個善良的婦人，是個典型為下一代任勞任怨的傳統婦女。

而戴洛希是個紳士的兒子，又是班長，但竟能那樣愛護別家的小孩，在她看來，戴洛希簡直已成了王侯或是聖人一般的人物了。但她每次遇見戴洛希時，又總是一副有話想說卻又不敢說出口的樣子。

昨天早上，她終於在學校門口把戴洛希叫住了。

「這位小朋友，非常不好意思。你對我兒子那樣愛護，請收下這小小的心意吧。」說話當時，她就從菜籃裡取出一個小小的糖果盒來。

戴洛希受寵若驚，然後明白的婉謝她說：「請給妳自己的小孩吧！我不能接受。」

頓時，那婦人難為情起來，支吾的辯解著說：「這不是什麼了不得的東西，只是一些糖而已！」

戴洛希仍舊搖著頭說不行。

於是那婦人赧然的又從籃子裡取出一束蘿蔔來，「那麼，收下這個吧！它還新鮮哩——就拿回去給你媽媽吧！」

「謝謝妳！我什麼都不要。幫忙克勒西，不是什麼大不了的事，妳千萬別放在心上。」

那婦人微微內疚的問：「你可是動氣了？」

「哪裡。」戴洛希朝她笑了笑，然後轉身便走。

那婦人歡喜得不得了，自言自語說：「從沒見過像這樣懂事的好孩子哩！」

別以為事情就這樣完了，就在下午四點左右，克勒西那體形瘦弱而且臉上帶著悲容的父親來了。他叫住了戴洛希，大概隱約已察覺到戴洛希知道了他的事，他直盯著戴洛希，「你為何對克勒西那麼好呢？」

戴洛希的臉紅得像火一樣，我想他大概是想說：「我之所以照顧他，是因為他不幸的緣故，加上知道他父親也是個不幸的人，而且還是個願意贖罪的人。」

可是戴洛希終究沒有說出口，大概是因為一個曾殺過人，坐過六年牢的犯人就在眼前，心裡仍然不免有點害怕吧。

克勒西的爸爸似乎也已嗅到他的遲疑，就附在戴洛希的耳朵旁低聲的說：「你大概是不喜歡你這個同學的爸爸吧？」

「哪裡，哪裡！沒那樣的事。」戴洛希打從心裡叫道。

只見克勒西的父親走近他，本想擁抱戴洛希一下，但終究沒有，而只是摸了摸他那金黃色的頭髮，然後淚水盈眶的看著戴洛希，將自己的手放在嘴上吻了一下，意思是說這吻是給你的。然後他牽了自己兒子的手，兩人很快的走了。

長眠

住在賣菜人家附近的那個二年級小朋友——我弟弟的同學——過世了。星期六下午，黛兒卡蒂老師哭喪著臉來通知我們的老師。甘倫和柯禮提就主動要求去抬那小孩的棺材。

那小孩是個好孩子，上星期才得過獎牌，和我弟弟很要好，以前媽媽看到他，總是會去抱抱他什麼的。昨天下午四點半，我們因送葬而到了他的家裡。

他們是住在樓下的。二年級的同學都已由自己的媽媽帶領著，手裡拿著蠟燭等在那裡。戴著紅羽帽的女老師和黛兒卡蒂老師在啜泣著，這孩子的媽媽則大聲的哭叫著。有兩個婦人各自拿了一個花圈站在一旁。

葬禮於五點整出發。前面是拿著十字架的小孩，其次是僧侶，再其次是棺材，一個小小的棺材，那小孩就躺在裡面！棺木的表面罩著黑布，上面擺了兩個花圈，黑布的一方掛著他這次才領到的獎牌。甘倫、柯禮提與附近的兩個孩子一起扛著棺材。

棺材的後面是黛兒卡蒂老師，他好像死了自己的兒子一樣的哭著，然後是別的老師，再後面是小孩們。這當中有很多是年幼的小孩，一手拿著花，面露怪異的表情看著棺材，一手被媽媽牽著，媽媽們手裡也都拿著蠟燭。

我聽見一個小孩這樣問：「我不能再在學校裡看到他了嗎？」

棺材剛出門的時候，從窗旁聽到哀傷欲絕的哭泣聲，她就是那小孩的媽媽，有人立刻把她扶進屋裡去。隊伍走在街上，遇見一群大學生，他們見到了掛著獎牌的棺材和女老師們，紛紛都把帽子摘下默哀致敬。

那個小朋友就要掛著獎牌長眠地下了！他那紅帽子，我再也見不到了！他原是活活潑潑、健健康康的，怎知短短四天就死了！

聽說臨終的那天，他還說要作做學校課堂上的習題，他曾起身過，又不肯讓家裡的人將獎牌放在床上，說是會搞丟。啊！你的獎牌永遠不會不見的，再會了！無論何時我們都不會忘記你的！你就安安穩穩的閉上眼吧！我親愛的小朋友！

三月十四日的前夕

興奮之情隨著時間的接近而更加雀躍，因為今天已是三月十三日，是一年中最有趣的頒獎典禮的前夕！而且，這次挑選捧呈獎狀給長官的人的方法很有趣。今天要下課時，校長到教室來。

「各位同學！有一個好消息要對大家宣布！」他叫了那個格拉勃利亞少年，「寇拉西！」寇拉西馬上起立，校長問：「你願意擔任明天捧獎狀遞給長官的任務嗎？」

「願意。」寇拉西回答說。

「很好！」校長說：「那個格拉勃利亞的代表者也有了，這真是再好不過了。」

「市政府方面要從全國選出拿獎狀的少年，本市中有二十個小學和五所分校，學生共有七千多人，其中代表義大利全國十二區的孩子，本校派出的是詹諾亞人和格拉勃利亞人。如何？這是很有趣的辦法吧，給你們獎品的是義大利全國的同胞，明天你們試試看！十二個人一齊上舞臺來，那時要大聲喝采唷！

「他們幾個雖然還是少年，但能代表國家即是和大人一樣重要。小小的三色旗也和大三色旗一樣，都是義大利的象徵喔！所以要大聲喝采，要表現出像你們這樣小的孩子們，在神聖的祖國面前，同樣也具有著和大人一樣高度的熱忱！」

校長這樣說，我們地老師便微笑的跟著說：「這麼說，寇拉西可是做了格拉勃利亞的大使了呢！」說得大家都拍手笑了。

走出學校，到了街上，我們抓住寇拉西的腳，高高的將他扛起，大叫「格拉勃利亞大使萬歲！」那可不是戲言哦，我們可是真的為了要祝賀那同學才真心誠意這樣說的，因為寇拉西平日就很受同學們歡迎。

我們說完他便笑了，我們扛著他一直走到轉彎路口，和一個大鬍子先生撞了一下，那位先生卻滿臉笑意的，寇拉西說：「他是我爸爸啦！」

我們聽了這話，就把寇拉西交在他爸爸手中，然後拉著他們向各處奔跑，大夥兒又瘋又開心極了。

頒獎典禮

兩點的時候，大劇場裡早已到處都是人。好幾千張臉孔中，有小孩、有來賓、有老師、有官員、有婦女，還有嬰兒。萬頭攢動，只見帽羽、絲帶、頭髮飛揚，全場歡聲雷動，熱鬧極了。

劇場用了白色、紅色和綠色的花和彩帶裝飾。舞臺左右有兩個階梯，受獎的同學從右邊一個個上去，頒了獎後，再從左邊走下來。舞臺中央有一列紅色椅子，正中央的那把椅子掛著兩頂月桂冠。旁邊桌子上面放著待會兒要頒發的獎牌和獎品，而樂隊就在舞臺下方。

老師席設在廂座的一角，座位正中央坐著許多唱歌的小孩，後面則是給即將受獎的學生們坐的。老師們東奔西跑的忙著，許多學生的家長都擠在他們兒女的身旁，替他們整理著服裝儀容。

我看見戴紅羽帽的那個年輕女老師在對面微笑著，她旁邊坐的是她我弟弟的女老師，還有那穿黑衣服的「尼姑」老師。帶過我的女老師則還蒼白著臉咳嗽著！

那利的頭靠在甘倫的肩上，我在座位裡遠遠看見他們，我還看到那有鷹鉤鼻的卡洛斐已把印有所有受獎者姓名的傳單，搜集了滿滿一手，他一定又是要拿去換什麼的，到明天就可以知道了。入口處旁邊，柴店夫妻換了新衣服來，柯禮提今天也打扮得像個紳士，令我大吃一驚。穿著毛線領襟的華提尼，則在座位中跑進跑出，這會兒才看見人，但一下又不見了。

兩點一到，樂隊開始奏樂。同時市長和其他官員們，都穿著黑色禮服，從右邊走上舞臺，坐在紅椅子上。學校的音樂老師拿著指揮棒站在前面，座位前排的同學，看了他的手勢一齊起立，歌聲於是響起。七百多個孩童一齊歌唱著，那聲音真是好聽極了，大家都靜靜的聆聽著。

那美妙的歌曲，就好像是教會裡的讚美福音。演唱完畢，隨即一陣掌聲，接著頒獎典禮便正式開始了。我三年級時的那個紅髮大眼的小個子老師走到舞臺前唱出那些受獎同學的名字。

大家都迫不及待的盼望那獲頒獎狀的十二個同學趕快登場，因為新聞老早已把這件事告知義大利全國，所以市長、大官，以及所有的來賓觀眾們都望眼欲穿的注視著舞臺的入口。

這時，十二個少年走上舞臺，一排站開，個個面露微笑。

全場三千多人同時起立，掌聲如雷，十二個少年靦覥的站在那兒面向大家。

「這些都是義大利未來的主人翁！」場中有人這樣叫喊著。

少年們通過市長面前，市長一一吻了他們的額頭，每人通過時，全場都不停的鼓掌。等他們走到綠色桌子那兒去領獎狀，我的老師就把受獎者的學校名、班級名和同學姓名朗讀出來。受獎者從右邊舞臺走上來，舞臺後面悠悠的演奏出美妙的樂聲來。

受獎者一個一個的通過來賓們的面前，那些特別來賓們就把獎狀遞給他們，有的與他們講話，有的會去摸摸他們。一有年幼的孩子或衣衫襤褸的孩子通過時，在場的所有小朋友都會特別用力的拍手。

有一個二年級的小學生上了舞臺之後，一下子手足無措了起來，竟然迷失了方向，不知面向哪裡才好，惹得滿場為之大笑。還有一個孩子，背上結了一個桃色的絲帶，只見他勉強的爬上了臺，一不留意竟被地毯絆倒，臺上的來賓趕緊上前將他扶起，大家又拍手笑了。

還有一個學生在下臺的時候，緊張得竟跌到觀眾席裡，嚇得他大哭了起來，幸而沒有人受傷。各式各樣的孩子都有，有很靈活的、有很老實的、有臉紅得像櫻桃的、有見人就傻笑的。他們一下了舞臺，家長便立刻上前領他們回座位去。

輪到我們學校的時候，教我深引以為榮。我有很多同學在裡面，柯禮提從頭到腳都換了一套新服裝，他露出白白牙齒微笑的通過了，但有誰知道他今天早上已扛了多少捆柴呢？

市長把獎狀頒給他時，問他額上為何有紅痕？他把原因說明後，市長用手愛憐的放在他肩上。我回頭往座位看去，只見他爸媽都在掩著口笑。

接著，戴洛希出場了。他穿著鈕扣會發亮的青色衣服，雄赳赳氣昂昂的上臺去。那種手采真是高雅得迷人，我恨不得遠遠的送他一個飛吻。來賓們都和他說了幾句話，還握他的手，真是實至名歸。

接著，老師念出洛佩弟的名字。於是他拄著枴杖上了臺。許多小孩都知道上次的意外，讚美聲轟然從四方響起，拍手喝采之聲，幾乎要把劇場都震垮了。

洛佩弟站在舞臺中央，內心驚喜不已，市長走上前去給他獎品和一個吻，並拿起椅上懸著的月桂冠，替他戴上。又扶著他走向他爸爸那兒。他爸爸抱過自己的兒子，在滿場如雷的喝采聲中，讓他在自己的身旁坐下。

美妙的音樂還繼續演奏著。別的學校的學生上場了。全部頒獎結束之後，前排的七百個小孩又唱起歌來。接著是市長演說。然後是特別來賓致詞。

來賓演說到最後，對小孩們說道：「……在你們要離開這裡之前，請對為你們奉獻了許多心力的人們，致上最高敬意！而這許多人現在都在那裡，你們看！」說時，手指著老師席中的老師們。

於是全體學生都站了起來熱烈鼓掌，並和老師們揮手，老師們亦揮著手帕致意。

音樂再度響起，十二個少年全部走到舞臺的正前方，滿場爆起響徹雲霄的喝采聲，如雨似的花朵，此刻亦從少年們的頭上紛紛落下。

小心眼

今天我和柯禮提吵架，倒不是因為我嫉妒他最近才得獎，其實，一切起因都是我的過失。話說今天我坐在他的旁邊，正在謄寫這次每月故事「洛馬格那之血」——因為「小石匠」病了，我在替他謄寫——怎料他碰了一下我的臂膀，弄得墨水瓶打翻流出，把紙都弄髒了，我當場就對他破口大罵。

但他卻只是微笑的說：「我不是故意的啦。」

原本我應該原諒他，不和他計較的，可是他的微笑實在令我不快。我就想：「哼，這傢伙得了獎，還真以為自己是誰啊！」於是一衝動也推了一下他的臂膀，把他的習字帖也弄髒了。

柯禮提漲紅了臉，「你是故意的！」說著說著就舉起手來。

恰好老師把頭回過來，他馬上收回了手，「算了，我在外面等你！」

我好難過，當然，所有幾秒鐘前的怒氣都消了，覺得怎會變成眼前這個局面。

柯禮提應該不會故意那樣才對，他一向是個好學生。我想起曾經到柯禮提家，看到他在做家事，服侍母親的情形，以及他到我家時，大家都好喜歡他，還有爸爸很看重他的種種，一一都回憶了起來。

我想，我當時如果不說那樣的話，不做那樣對不起人的事，那該有多好啊！我又想起爸爸平日所教訓我的「當你覺得自己錯了，就應該立刻賠罪！」的話，可是賠罪是多麼難為情的事啊，我甚至覺得那是一件丟臉到家的事，無論如何我是辦不到的。

我偷偷看向柯禮提，他上衣肩膀的地方已經破了，大概是扛了太多木柴的關係吧。我又覺得柯禮提真的是個值得疼愛的人。於是我對自己說：「去道歉吧！」

但是我彆扭得很，就是開不了口。

柯禮提也時時把眼斜過來看我，但他那神情並不像是在生氣，倒像是在憐憫我似的！偏偏我為了要表示不怕他，回了他一記衛生眼。

「我在外面等你喲！」柯禮提反覆的說。

我答說：「好！」

忽然，又想起爸爸說過的「如果有人要來加害你，只要防禦就好了，不要心存繼續爭鬥不停的念頭！」我就心想，「我只是防禦而已，而不是戰鬥。」

話雖如此，但不知為了什麼，心裡就是不好過。

老師在臺上的教誨，我是半點都沒聽進去。好不容易放學的時間到了，我走在街上，柯禮提也在後面跟來。我舉著尺站定，等柯禮提一走近，就把尺舉起。

「別這樣，安利柯！」柯禮提說，並微笑著用手把尺撥開，「我們和好吧！」

我一下子反應不過來地站在那兒，而他卻忽然將我抱住。

他吻著我的臉頰說：「不好的事就此算了吧！好嗎？」

「算了！算了！」我回答他說。

於是兩人很快樂的互道再見。

我到了家裡，把這件事情告訴了爸爸，意思是要爸爸聽了歡喜。

不料爸爸卻把臉板了起來，說：「不是應該你先向他賠罪的嗎？這本來就是你的不對嘛！」又說：「對一個比自己高尚的朋友，而且是對一個軍人的兒子，你憑什麼拿尺去打他呢！」說著就從我手中奪過尺，折成兩段，丟向牆壁。

我呆立一旁，後悔極了。

我的姊姊

安利柯：

自從你和柯禮提的事被爸爸罵了以後，你便把我當成出氣筒，還對我說那些不堪入耳的話，你為什麼要如此呢？我那時好痛心，你知道嗎？

你還在襁褓時，我都不出去玩，只是整天在搖籃旁陪著你。你生病時，我總是每夜起來，用手摸你那滾燙的額頭。

你知道嗎？你雖然對我那麼兇，但是，如果我們家遭遇了不幸，到時姊姊就得身兼母職，要像對自己孩子那樣來愛護你的！如果將來爸媽去世以後，世上能和你做最好的朋友，能慰藉你的人，除了姊姊，不會再有別人了！

如果真到了那時候，我會去找工作來替你張羅三餐、替你籌措學費的。我對你的愛是一輩子的，如果你到了遠方，即使見不到你，但內心一定會常常思念著你的。

安利柯，等你將來長大後，假如遭遇到不幸而沒有人和你共患難時，你一定會回到我這裡，對我這樣說：「姊姊！我們一塊兒住吧！大家重溫那從前快樂的時光，好不好？你還記得媽媽嗎？還有那時家裡的情形，和所有以前幸福過日子的情況，讓我們重溫舊夢吧！」安利柯！姊姊無論何時都是會張開雙臂等著你的！

我以前對你的斥責，請你忘了吧！我也已忘了你的過失，無論如何，你總是我的弟弟啊！我只記得你小時候我抱過你，與你相親相愛在爸媽的呵護下，親眼看著你日漸成長，不求回報的和你作伴，除此之外，我什麼都忘了！

所以，請你在這本子上也回些我們姊弟之間的話給我，我晚上再到這裡來看。

還有，你所要寫的那篇「洛馬格那之血」，我已替你代為抄寫完畢，因為你好像已經很疲倦的睡著了。請你打開你的抽屜看看吧！那是趁你熟睡的時候，我熬了一個通宵寫的。寫些話給我吧！我等你的回音哦！

——雪兒

我實在沒有資格做妳弟弟，對不起，姊姊！

每月故事：洛馬格那之血

那夜費魯喬的家裡特別冷清。經營雜貨鋪的父親到鎮上配貨去了，母親因為小兒子得了眼疾，也跟著父親到鎮上去請醫生，都得明天才能回來。

已經是夜半時分了，白天幫忙的女傭傍晚時就回家了。屋裡只剩下腳已殘廢了的老祖母和十三歲的費魯喬。

他的家離洛馬格那街沒有多遠，費魯喬若是到外頭遊玩，總會拖到晚上十一點多才會回來。這令他的祖母常常擔憂得睡不著，為了等他回來，她總是坐在大安樂椅上，有時還這樣坐到天明。

雨不停的下著，夜色暗得伸手不見五指。費魯喬疲倦的回到家，身上沾滿了泥，而且衣服也破了好幾處，額頭還受了傷。這是他和朋友打架的結果。今晚他又把錢賭輸光了。

廚房裡只有一盞小小的油燈，懸在那安樂椅上的天花板，祖母在燈光下看見她孫子狼狽的樣子，雖已大略推測到八九分，但仍詢問他到底怎麼一回事。

祖母很愛這個孫子，等明白了一切情形之後，她就不禁哭泣了起來。

「你都不顧我了？你這沒良心的孩子，趁父母不在就這樣惹我生氣。費魯喬！你已學壞了！如果再這樣下去，你會受到懲罰的！

「小的時候你還會做些像樣的事，長大以後卻變成了像惡棍一樣，整天在外遊蕩，和別的孩子打架、花錢、鬧事，我真怕將來你就會由賭棍變成可怕的盜賊了！」

費魯喬遠遠的靠在櫥櫃旁站立聽著，老祖母的叨念讓他雙眉緊皺，似乎打架的怒氣還未消除。那栗色的長髮覆蓋著他的額頭，碧藍的眼睛一動也不動。

「由賭棍變成盜賊！」祖母啜泣著反覆說：「你看看那無賴莫左尼，那傢伙現在還在街上遊蕩著，年紀也不小了，還坐過兩次牢，他母親為他操心死了。他父親氣不過，也到瑞士去了。

「像你爸爸，即使看見了他，也不和他多談一句話。你想想那惡漢，現在和他的狐群狗黨在附近遊蕩，將來會有什麼好下場？從他小的時候我就認識他，他那時也和你現在一樣，你給我好好反省反省吧！難道你要讓你的爸媽也受那樣的苦嗎？」

費魯喬只是聽著，卻沒有絲毫懊悔覺悟的意思。

他父親是太縱容他了，知道自己的兒子有顆善良的心，有時候會表現出還不錯的行為，所以就睜一隻眼閉一隻眼，等他長大以後自悟。

費魯喬的本性不錯，就是脾氣硬了點，就算是心裡悔悟了，但要他說出「我錯了，下次不會這樣了，請原諒我」這樣的話，那簡直是比登天還難。有時他心裡雖也充滿了乖巧的念頭，但他高傲的心總使他無法得體的表現出來。

「費魯喬！」祖母見孫子默不作聲，「你連一句認錯的話都沒有嗎？我已患了重病，不要再這樣折磨我了，我是那麼的疼你！你小的時候，我會每夜起來，犧牲睡眠替你推那搖床，只為了要讓你開心。但現在你居然不照顧我了！

「你就算不照顧我，也不要緊，反正我已沒有多少日子好活了！只要你變成好孩子就好！希望你變成柔順的孩子，像我帶你到寺裡去時的樣子。你還記得嗎？費魯喬，那時你會把小石頭、小草，塞滿在我口袋裡呢，我等你熟睡，就抱著你回來。那時，你很黏我哩！

「除了你以外，在這個世界上已經沒有可靠的人了！我是個一腳已經踏入棺材裡的人了！」

費魯喬心中充滿了悲哀，忽然有股衝動想投到祖母的懷裡，就在這時，外頭傳來輕微的軋軋聲，聽不出是風雨打著窗門呢，還是什麼？

費魯喬側著頭注意去聽。

雨水如注的下著。

軋軋的聲音又來了，連祖母也聽到了。

「那是什麼？」祖母很擔心的問。

「是雨吧。」費魯喬說。

老祖母拭了拭眼淚，「好不好？費魯喬以後要規規矩矩的，不要再讓我流淚了！」

那聲音又來了，老祖母白了臉說：「這不是雨聲吧！」然後牽住了孫子的手。

兩人屏息不出聲，只聽得見雨聲。

隔壁好像有人的腳步聲，兩人不禁戰慄發抖了起來。

「誰？」費魯喬怒吼了一聲。

沒有人回答。

「誰？」他又大聲問。

話猶未完，兩人不覺驚叫出聲，因為有兩個男人突然跳進來。一個捉住了費魯喬，把手捂住他的嘴，另一個人手上則拿著刀架住了老婦人的候嚨。

「別出聲，否則就要你的命！」第一個人說。

「聽到沒？」另一個人也舉著短刀威脅道。

兩個人都用黑布罩著臉，只露出眼睛。

整個屋子除了四個人粗急的呼吸聲和外頭的雨聲，安靜極了。

捉住費魯喬的那一個人，把嘴附在費魯喬耳邊問：「你老子把錢擺在那裡？」

費魯喬抖著牙齒答說：「那裡——櫥櫃中。」

「來！」那男子緊緊掐住他，拉著他一起到置物間裡去。

那男子怕費魯喬逃走，將他推倒在地，用兩腳夾住他的頭，如果他一出聲，就用兩腿把他的喉頭夾緊。口上銜著短刀，一手提了燈，一手從袋中取出釘子樣的東西來塞入鎖孔中，鎖壞了，櫥門也開了。

他急忙在裡頭翻來倒去的到處翻動，將錢塞在懷裡。然後捉住費魯喬，回到原來的地方。

老婦人正仰著臉掙扎著身子，嘴巴張開著。

「到手了嗎？」留守的那人低聲的問。

「到手了。」第一個人回答。

那捉住老婦人的男人，跑到門口，確定沒有人在那裡，就低聲的說：「走吧！」

捉住費魯喬的男子，留在後面，把短刀舉到兩人面前。

「別出聲！小心我回來割斷你們的喉嚨！」說著又怒目瞪視了兩人一會兒。

這時，街上有路過行人的歌聲傳來。

那強盜急忙把頭縮回來的時候，他的面罩亦掉了下來。

「莫左尼？」老婦人認出了他。

「該死的東西！妳給我死吧！」強盜因為被識破身分，憤而舉起短刀撲近。

老婦人當場嚇暈了，費魯喬見這情形不禁驚叫起來，本能的跳上前去用自己的身體擋在祖母身上。

強盜粗手粗腳的碰到桌子就跑了，燈被打翻，整個屋子黑黑的。

費魯喬慢慢的從祖母身上爬起來，跪倒在地上，兩隻手抱住祖母的身體，頭趴在祖母的懷裡。

過了好一會兒，周圍依舊黑暗，外頭行人的歌聲漸漸的遠去。

「費魯喬！」老婦人恢復了神智，用幾乎聽不見的聲音呼喚道，牙齒仍軋軋的顫抖著。

「祖母！」費魯喬回答。

祖母原想說話的，但被恐懼感給嚇得尚未恢復正常。身上只有劇烈的戰慄，不作聲好一會兒，然後問：「那些傢伙走了吧？」

「嗯。」

「沒有將我殺死呢！」祖母低聲的說。

「嗯，您好好的！」費魯喬虛弱的回應說：「祖母！他們把錢都拿走了，好在，爸爸把大部分的錢都帶在身上！」

祖母深深的呼吸著。

「祖母！」費魯喬跪著抱緊祖母說：「祖母！您愛我嗎？」

「啊！費魯喬！我當然是愛你的啊！」說著就把手放在他的頭上。「啊！你受了驚！啊！仁慈的上帝！你把燈點亮吧！唉，算了，還是暗暗的好！免得又看見什麼嚇人的東西！」

「祖母！對不起，我時常惹您傷心！」

「費魯喬！不要再說那樣的話！我早什麼都忘了，但我仍然是愛你的。」

「我時常惹您傷心。但是我是愛祖母的。請您原諒我——原諒我，好不好？祖母！」費魯喬艱難的認著錯。

「我當然會原諒你。快起來！我不再罵你了。你是好孩子，好孩子。我把燈點亮，不要怕了。」

「祖母！謝謝您！」孫子的聲音越來越微弱。「我很快樂，祖母！您不會忘記我吧！無論到了什麼時候，仍會記得我費魯喬吧！」

「啊！費魯喬！」老婦人慌了，撫著孫子的肩膀，眼睛幾乎要看穿似的注視著叫道。

「請不要忘了我！爸爸、媽媽，還有弟弟！永別了，祖母！」他已氣若游絲了。

「什麼？啊！你怎麼了？」老婦人震驚的撫摸趴在自己膝上的孫子，繼而喊出她所能發出的最大音量。

「費魯喬呀——費魯喬呀——費魯喬呀！啊呀！啊呀！」

可是，費魯喬已經什麼都不回答了！這小英雄用自己的一條命代替了他祖母的一條命，背部被短刀刺穿。他那不朽的靈魂，已到天國去了！

病床中的小石匠

可憐的「小石匠」生了大病，老師叫我們去慰問他，我就和甘倫、戴洛希三人一同前往。施泰勒利原本也要去的，因為老師叫他做卡華伯爵紀念碑記，他就說要實地去看了那紀念碑再來仔細的做，所以就不去了。

我們原還打算試著約坐在「小石匠」後面的諾琵斯一同去，但他只回了一個「不」字，其餘什麼話都沒有說。華提尼也說他不想去。他們大概是怕被石灰弄髒了衣服吧。

四點鐘一下課，我們就去「小石匠」的家裡，外頭的雨綿綿的下著，走在街上，甘倫忽然停下腳步，嘴裡嚼著麵包說：「買些什麼東西給他吧。」便一邊去摸口袋裡的錢。

我和戴洛希也各湊了幾塊錢，買了三個大大的橘子。

我們爬上那屋頂的閣樓。戴洛希到了門口，就把掛在胸前的獎章取下，放在口袋。

「為什麼？」我問。

「我自己也不知道，總覺得還是不掛的好。」他回答。

我們一敲門，「小石匠」那巨人樣高大的爸爸就來開門了，他臉孔歪歪的，任誰見了都會害怕得倒退三步。

「請問你們找哪位？」他問。

「我們是安東尼奧的同學。送三個橘子來給他的。」甘倫答說。

「唉！可憐的安東尼奧，他恐怕不能吃了！」他搖著頭大聲的說，而且還用手背去擦拭眼中的淚水。

他帶我們進到屋裡，「小石匠」臥在小小的鐵床中，他媽媽趴伏在床上，手遮著臉，也不向我們招呼一聲。床的一隅掛有板刷、篩子之類的東西，生病的安東尼奧的腳上蓋著那沾滿了白白石灰粉的石匠上衣。「小石匠」整張臉都消瘦蒼白，鼻頭尖尖的躲在那兒，呼吸很急促的樣子，我看了真有說不出的難過。

我心裡在喊，只要你能再做一次兔臉給我看，你要我做什麼我都願意！安東尼奧！甘倫把橘子放在他枕頭旁，而橘子的芳香把他薰醒了，只見他伸手去抓那橘子，但不久又放開了。他頻頻的看向甘倫。

「是我呀，我是甘倫！你認得嗎？」甘倫說。

而他只是勉強的微笑了一下，從被單裡將手伸向甘倫。

甘倫用兩手去握了他的手，並貼在自己的臉頰上：「不要怕！不要怕！你要好起來哦，然後就可以到學校去了。那時請老師將你的座位排在我旁邊，好嗎？」

可是，「小石匠」沒有回答，於是他媽媽哭叫了起來：「啊！安東尼奧是這樣的好孩子，老天要把他從我們手裡帶走了！」

「別說了！」他爸爸大聲的喝止。「別說了！我聽了心都碎了！」然後很憂愁的看著我們。

「請回去吧，謝謝你們！我們就只有這樣陪著他，也沒有什麼方法好想了。謝謝！請回去吧！」「小石匠」又把眼睛閉上了，看上去好像已死在那裡的樣子。

「有什麼需要幫忙的嗎？」甘倫問。

「沒有，謝謝你們了！」他爸爸隨即將我們推出長廊，並關了門。

我們才下樓來，不一會兒，忽然聽見後面有人叫著：「甘倫！甘倫！」

我們三人又匆忙上樓去，見到他爸爸已經改變臉色叫著：「甘倫，安東尼奧叫著你的名字呢！他已經兩天不曾開口了，這會兒倒叫了你的名字兩次。他想和你見面哩！快來啊，但願他能從此就好起來了！」

「好吧，你們先走，我暫時留在這兒。」甘倫對我和戴洛希說著，便和「小石匠」的爸爸進去。我好像看見戴洛希的眼中閃爍著淚光。

「你在哭嗎？他已會說話了呀，應該會好的吧！」我說。

「我也是這樣想呀。但方才我並不是想這個，我是想到甘倫這個人。我想他做人這麼成功，待人又好，難怪安東尼奧只想見他！」

英雄本色

安利柯：

你要做「卡華伯爵紀念碑記」，而卡華伯爵是怎樣的一個人，恐怕你還不是很清楚吧！你現在所知道的，大概只是伯爵幾年前當比蒙脫總理大臣的事吧。

他將比蒙脫的軍隊派到克里米亞，使在諾維拉敗北受創的我國軍隊重膺光榮。而將法國十五萬大軍從阿爾卑斯山驅退，還有從隆巴爾地將奧軍擊退的都是他。

他有著優良的意志、不撓的耐力和過人的勤勉。在戰場中遭遇危難的將軍是很正常的，但他卻是身在廟堂而蒙受戰場上的危險。因為他所建設的事業，就像脆弱的房舍被地震所破壞，而究竟何時會崩塌乃是不能預測的。

聽說他到了臨終時還悲哀的說：「真奇怪！我看不到字了耶！」

他因重病而體溫升高，但他還是想著國事。

「快點好吧！我的心已幽暗了起來！要處理這般重大國事，沒有氣力怎麼行？」

而就在他危急的消息傳出時，全國為之悲慟，國王並且親自臨床探視，但他還對國王憂心的說：「我有許多的話要面呈陛下呢！只可惜我已不大能說話了！」

他那因高燒而沸騰了的心緒，不斷的想著國家，想著合併後義大利的統一，想著尚未解決的若干問題。等他昏沉不省人事的時候，口中還是不斷呢喃著：「教育兒童啊！教育青年啊！——以自由治國……」

他不斷呢喃著，死神已在他面前了，他用一種模糊而斷續的言語，替格里波底將軍祈禱，口中念著還未獲自由的威尼斯、羅馬等地的地名。他對義大利和將來的歐洲，抱著無限的夢想，唯恐被外國侵害，頻頻向人詢問軍隊及指揮官的所在地。

他到臨終時還這樣憂國憂民，對於自己的死，反而不覺得有什麼，而要和國家別離，那才是他最難忍的悲痛。而這個國家呢，又非得有他的盡力不可。

他在戰鬥中死了！他的死和他的生是同樣的偉大！

想想吧！安利柯！我們的責任有多少啊！在他這以世界為懷的胸襟，並不斷勞心勞力付出的面前，我們所有的勞苦和犧牲——甚至包括死亡，都是微不足道的東西了。所以，不要忘記了，走過那大理石像前面的時候，應該向那尊石像致上最高的敬意。

——爸爸

第七卷　四月

春天的腳步

今天已是四月一日了，像春天這樣美好的季節，往往轉眼即逝。

柯禮提後天要和他爸爸去迎接國王，叫我也一起去，這真是我夢寐已久的事。聽說柯禮提的爸爸和國王原是相識的呢。而媽媽也說要帶我到育幼院去，讓我開心了老半天，加上「小石匠」的病已好了許多，還有，昨晚老師走過我家門口，聽見他和爸爸說：「安利柯他功課很好。」

今天是個清爽溫暖的天氣，從學校窗口可以看見藍藍的天，含蕊的樹木，和家家窗檻上擺著鮮綠的盆花。

老師雖是一個向來沒有笑容的人，可是今天卻也是很愉悅的樣子，額上的皺紋幾乎都不見了，就連他在黑板上講解算術的時候，都還會夾雜講著笑話呢。呼吸到窗外的新鮮空氣，聞到泥土和樹葉的氣息，人就好像置身在鄉下一般，我想老師當然也會很快活的。

在老師上課的時候，我們聽見遠處街上鐵匠的敲鐵聲、對門婦女哄著嬰兒入睡的兒歌聲，以及軍營裡的喇叭號角聲，就連施泰勒利也被感染了，忽然，鐵匠打得更響亮，婦人也更大聲的唱了起來。

於是老師停止上課，側著耳聆聽著窗外靜靜的說：「天氣放晴了，母親唱著歌，勤勞的人們工作著，孩子們也一個個在學習著——好一幅美麗的圖畫啊！」

放學時，每一個人都抱著愉快的心情。只見大家排成一排，把腳重重的踩在地面上走，好像就要有三、四天假期似的，不禁高興得齊唱起歌來。

女老師們也很高興，戴紅羽帽的老師跟在小孩後面，彷彿自己也變成一個小孩。而學生的家長彼此互相談笑著，克勒西的媽媽在菜籃中裝滿了堇花，校門口頓時充滿了陣陣濃郁的香氣。

一到街上，媽媽就像平日一樣在那兒等著我，我快樂得不得了，跑過去說：「哇！我好快樂！我為什麼這麼快樂啊？」

「因為這個季節就是會讓人神清氣爽，而且春回大地，無事一身輕嘛！」媽媽說。

哦，原來如此，地球上的四季果然個個令人著迷。

難忘的一幕

十點鐘的時候，爸爸看見柯禮提父子已在路口等我了，他就對我說：「他們已經來了，安利柯！快迎接國王去吧！」我隨即飛奔過去。

柯禮提父子顯得比平常興奮得多，我從沒見過他們父子這樣的裝扮，柯禮提的爸爸在上衣上掛了兩枚紀念章和一枚勳章。

國王預定十點半經過，所以我們要到車站去迎接。

柯禮提的爸爸咬著菸斗說：「我從六十六年的戰爭以後，就不曾再遇見過陛下了！算算已經有十五年又六個月了。先前三年他在法國，接著到蒙脫維，然後回到義大利。我運氣不好，每次他駕臨本市，剛好我都不在。」

他把溫培爾托王當朋友一般的稱呼，直呼他「溫培爾托」。

「溫培爾托是十六師師長。溫培爾托那時不過才二十二歲，他總是這樣騎著馬……十五年了呢！」柯爸爸揚著聲說：「真的很想再看看他。他做過親王時見過他一面後，轉眼間，今天再見到他，他已是國王了。而且我也由軍人變成了柴店老闆。」

「國王還會認識爸爸嗎？」柯禮提問。

「這可不一定。溫培爾托只是一個凡人啊，待會兒這裡難保不會像螞蟻般的擁擠，況且他也不一定能一個一個的細看吧。」父親笑著說。

車站附近早已是人山人海，一隊士兵吹著喇叭通過，兩個騎馬警察在前領銜通過，溫暖的陽光普照大地。

柯禮提的爸爸興高采烈的說：「太棒了！又可以看見師長了！唉！我也老了哩！記得那年六月二十四日——好像才是昨天的事，那時我背負著革囊和長槍走著，差不多已快接近前線了。溫培爾托率領了部下軍官來這們這兒，大炮的聲音已從遠方響起，大家都說：『但願不要打中了殿下。』

「我在敵軍陣前和溫培爾托竟那樣的接近，真是萬萬想不到。兩人之間相隔不到四步的距離呢。那天天空晴朗得像面鏡子一樣，但是很熱——走吧！讓我們也過去看看吧。」

我們已到車站了。那裡早已擠滿了群眾，馬車、警察、騎兵和舉著旗幟的團體。軍樂隊奏著樂曲，柯爸爸用手將入口的群眾分開，好讓我們安全通過，群眾緊跟在我們後面湧了上來。柯爸爸眼睛望著警察停留的地方。

「跟我來！」他拉了我們的手就走。

警察隨即走了過來說：「離開這裡！」

「我是四十九聯隊四大隊的。」柯爸爸說著，並將勳章拿給警察看。

「好吧。」警察看了一下勳章說。

「你們看，『四十九聯隊四大隊』很了不起吧！溫培爾托原是我們的隊長，以前曾很近的看過他，今天也同樣走近去看他，正好可以看看他有沒有變呢！」

這時，月臺內外群集著軍官，車站門口排列著一列馬車和穿紅衣的馬車夫。

柯禮提問他爸爸，溫培爾托親王在軍隊中可曾拿過劍？

「當然囉，劍是一刻也不能離手的。攻擊從左右兩邊刺來，要靠劍去撥開呀。想起來就可怕，當時子彈就像雨神發怒似的落下，又像旋風般的密集來襲，什麼騎兵呀、炮兵呀、步兵呀、射擊兵呀，統統混雜在一處，像百鬼夜行，什麼都辨不清楚。

「然後，忽然聽見有人叫『殿下！殿下！』的聲音，原來敵人已排齊了刺槍攻過來了。我們一齊開槍，煙硝立刻風雲四起的把周圍包住。稍後，煙消霧散，大地上橫躺著死傷無數的士兵和馬匹。我回頭看見隊的中央，溫培爾托騎著馬悠然的四處察看，『弟兄中有陣亡的嗎？』

「我們聽了都興奮如狂，在他面前齊喊『萬歲』！那種情景，真是畢生難忘啊！——呀！火車到了！」

樂隊開始奏樂了，群眾也踮起腳來看。

一個警察說：「他要停一會兒才下車，因為現在有人在那裡拜謁。」

柯禮提的爸爸焦急得幾乎出了神。

「啊！回想起來，他那時沉靜的風貌到現在彷彿仍在眼前。就算有地震、有霍亂，他也總是鎮靜如一的。雖然做了國王，我想他大概仍沒忘記四十九聯隊的四大隊吧。

「以前他最喜歡把舊時的部下集合起來，大家來一次聚餐。他現在雖然有將軍、軍官、大臣等陪伴，但那時他除了我們這些人以外，什麼侍衛都沒有，真想再和他談談話哩，就算談一會兒也好！

「二十二歲的將軍！一個我曾用槍劍保護過的親王！我們的溫培爾托先生！有十五年不見了——啊，光聽那軍樂，我的血液就快沸騰了！」

歡呼的聲音來自四方，數千頂帽子高高舉起。

「就是那一個！」柯爸爸叫道，他好像魂出了竅似的站著。過了一會兒，才緩緩的開口說：「呀！頭髮白了！」

我們三人脫下帽子，馬車徐徐的在群眾的歡呼聲中前進。我再看柯爸爸時，只見他好像全然換了一個人似的，他身體伸得直直的，臉色凝重且帶蒼白，柱子似的矗立著。

「萬歲！」群眾歡呼。

「萬歲！」柯爸爸在群眾歡呼以後，獨自叫喊。

國王朝他看來了！眼睛在他那三枚勳章上注視了一會兒。柯爸爸忘情的喊出：「四十九聯隊四大隊！」

國王原已轉向別處的臉，一聽見他的叫喊，又重新回頭看我們，注視著柯禮提的爸爸，並從馬車裡伸出手來。

他飛跑過去，緊握國王的手。馬車過去了，群眾一陣推擠過來，把我們擠散，過了一會兒，我再度看見柯爸爸。他喘著氣，眼睛紅紅的舉起手，叫喊柯禮提。柯禮提跑上前去。

「手！趁我手還熱著的時候！」他說著，將手按在兒子的臉上，「國王握過我的手呢！」

他做夢般茫然的目送那已走遠的馬車，站在正對他驚訝不已的群眾中。

群眾中有人說：「這人是四十九聯隊四大隊的。」

「他是軍人，和國王認識的。」

「國王還記得他呢。」

「所以向他伸出手來。」最後有一人高聲的說：「他把不知是什麼的請願書拿給國王哩。」

「沒有！」柯禮提的爸爸回頭說：「我並沒有呈什麼請願書，但在國王用得著我的時候，無論何時，我隨時預備著可以貢獻的東西哩！」

大家都瞪大了眼睛看著他。

「那就是我的熱血啊！」

快樂天堂

昨天早餐後，媽媽依約帶著我到育幼院，因為要把潘克錫的妹妹帶去給那兒的院長。

我從來沒到過育幼院，沒想到那兒還真是有趣。小朋友共約兩百人，男生女生都有，都是很小很小的小孩，和他們相比，我們這些國小的學生也成了大人了。

我們去的時候，小孩們正排成兩列在進餐廳。餐廳裡有兩列長桌，桌上放著盛了飯和菜的小盤子，湯匙就擺在旁邊。

他們進去的時候，有的還弄不清方向，老師們就走過去帶領他們。有一個小朋友每走到一個位置就以為是自己的座位，一坐下就用手去取食物，老師趕過來說：「再走過去點。」只見他每走一步就吃一口，直到走到自己的座位時，他已吃了約半人分的食物了。

老師們開始帶領他們準備祈禱。祈禱的時候，頭不許對著食物，但他們一心只想著要吃東西，所以老是回頭偷看食物。大家雙手合十面向著屋頂，心不在焉的念完祈禱詞，這才開始就食，那種可愛的畫面真是嘆為觀止！

有的拿了兩枝湯匙在吃，有的用手在吃，將豆子一粒一粒的裝進口袋裡去的也有，用小圍兜將豆子包起來捏得粉狀的也有，有的看著蒼繩在飛，有的因為旁邊的打噴嚏把食物噴了一桌而拒絕再吃。整個餐廳的景象就好像養小雞的地方，真是可愛。

小朋友都用了紅色、綠色、藍色的絲帶紮著頭髮，排成兩列坐著，煞是整齊好看。一位老師對著排排坐著的八個小孩問：「米是從哪裡來的呀？」八個人一邊嚼著食物，一邊齊聲說：「從水裡來的。」

接著是休息時間。

在走出餐廳以前，大家照例各自取走掛在牆上的小餐盒。一等走出餐廳就散開，個個從盒中把麵包、牛油、煮熟的蛋、蘋果、豌豆和雞肉取出，一下子，庭院裡到處都是麵包屑，簡直就像在餵餌給小鳥吃一樣。

他們的吃法更是讓人爆笑，有的像兔子、貓，甚至老鼠一樣的在咀嚼或吸吮，有的還把飯塗抹在胸前，有的用小手把牛油攪糊得像乳汁般滴到袖子裡去，自己卻渾然不覺。還有許多小朋友把銜著蘋果或麵包的同伴，像小狗一樣的繞著圈子追趕。

有一個小孩用草莖在蛋中挖掘，說要發掘寶貝，小孩當中，只要一有人拿著什麼好東西，大家就會看熱鬧似的把他圍住。一個拿著糖的小孩旁邊圍了二十幾個人，每個都吱吱喳喳的說個不休，有的要他抹些在自己的麵包上，也有的只求用手指去沾一點就好。

媽媽走到庭院裡，一個個的去摸他們的頭，於是大家就圍著媽媽身邊要親她，每個都像仰望三層樓似的把頭仰起，口中呀呀作聲像在要求吃奶。

有的想將已吃過的橘子送給媽媽，有的剝了小麵包的皮給媽媽，一個女孩拿了一片樹葉來，另外還有一個很鄭重的把食指伸到媽媽面前，原來那手指上有個小得不能再小的傷痕，據說是昨晚被蠟燭燙傷的。

還有的拿了毛毛蟲、缺角的軟木塞、襯衫的鈕扣、不知名的小花等東西，很鄭重的拿來給媽媽看。有一個頭上綁著繃帶的小孩說有話要跟媽媽說，但不知說了些什麼，還有一個請媽媽低下頭去，把嘴附在媽媽的耳朵旁輕輕的說：「我爸爸是做刷子的哦。」

大事小事無奇不有，老師們走來走去照料他們，有因為解不開手帕結而哭的，有因為爭食半個蘋果互相打鬧的，還有因為椅子翻倒爬不起來而哭著的。

在離開這兒前，媽媽抱了一會兒其中的三個孩子，於是大家紛紛從四面八方跑來，臉上塗滿了蛋黃或是果汁，也圍著要求抱一抱。一個拉牢了媽媽的手，一個拉牢了媽媽的手指頭，說要看上面的戒指。

「當心被他們弄破衣服！」老師說。

可是，媽媽絲毫不管小孩們的拉扯，反而將他們更拉近了一個一個親吻。越來越多小朋友圍攏過來，在身旁的張開雙手想爬到媽媽身上去，在遠一點的掙扎著要擠過來，並且齊聲叫說：「不要走！不要走！」

媽媽好不容易走出了庭院，誰知小孩子們竟追到柵欄旁，一張張小臉貼在柵縫，把小手指伸出，紛紛的遞出麵包、蘋果、牛油來，一齊叫說：「拜拜，拜拜！明天還要再來唷！」

媽媽又去摸他們的小手，一直到走出街口的時候，我才發現她的身上早已沾滿了麵包及許多油漬，衣服也皺得不成樣子。媽媽手裡握滿了花，眼睛閃著淚光，但是好像很快樂的樣子。

離開育幼院好一段路後，耳中彷彿遠遠的還聽得見小鳥叫般的聲音：「拜拜，拜拜！再來唷！」

志氣比天高

連續幾天都是好天氣，我們的室內體育課暫告一段落，接著是戶外的活動。

昨天，甘倫到校長室去的時候，看到那利的媽媽也在那裡，她正想要請求學校可否免除那利的室外課程。只見她好像有口難言的樣子，摸著自己兒子的頭，「因為這孩子有些困難。」

可是，那利似乎以不參加團體活動為恥，硬是不肯承認這話。只見他說：「媽！不要緊的，我能應付過去的。」

他媽媽憐憫的默視著自己兒子，過了一會兒才猶豫的說：「我想恐怕別人……」話未說完就忽然止住了。大概她是想說「別人會嘲笑你，所以我很不放心」之類的話。

那利說：「他們不會怎樣的，況且還有甘倫在呢！只要有甘倫在，誰都不會欺負我的。」

最後那利還是出席了。體育老師帶著我們到有垂直欄杆的操場去。

今天要攀到欄杆的頂端，然後在上面的平臺上直立。戴洛希和柯禮提都像隻猿猴似的兩三下就上去了。潘克錫同樣很敏捷的爬上去了，雖然他那及膝的上衣造成了一些障礙，但他卻不以為意，大家都想笑他，而他只是反覆說著他那口頭禪「對不起，對不起」。

施泰勒利上去的時候，臉紅得像火雞，嘴咬緊得像拳師犬一樣，極具戲劇效果的爬了上去。諾琵斯則是站在平臺上，君臨天下似的驕傲顧盼著。華提尼穿著新製的條紋運動服，但是中途卻滑落了兩次。

為了要想攀登得更容易些，大家手裡都擦了樹脂。而連這也準備拿來賣的，不用說，就是那個天生商人卡洛斐了。他把樹脂弄成了粉，裝入紙袋，每袋賣一塊錢，好賺得很呢！

輪到甘倫時，他若無其事的一邊嚼著麵包，一邊矯健的攀爬。我想，即使他再多帶一個人上去也無妨。果然他是隻小蠻牛耶！

甘倫的後面就是那利了。當他用他那瘦削的手臂去抱欄杆時，許多同學都笑了起來。這時甘倫把那他粗壯的手臂交叉在胸前，瞪著那些發笑的同學，好像門神一樣，大家這才都止住了笑。

那利開始爬了，只見他幾乎拚了老命，臉色開始發紫，呼吸也開始急促了，汗水從他額頭流下。

於是老師不忍的說：「下來吧。」

可是那利不聽，無論如何，他總想掙扎的爬上去。

我替他捏把冷汗，怕他中途掉下來怎麼辦？如果有天我也變成了像那利一樣的人，天啊，我還會有勇氣爬這玩意兒嗎？這畫面如果被媽媽看見了又將如何？一想到此，我就更覺得那利好可憐，恨不得從下面推他一把。

「加油！加油！那利！只差一步了！加油！」甘倫與戴洛希、柯禮提齊聲喊道。

那利氣喘吁吁用盡了力氣，爬到離平臺還有兩公尺左右的地方。

「加油！再撐一下！加油！」大家叫說。

那利已摸到了平臺了，大家都不禁拍起手來。

老師說：「爬上去就好了！下來吧。」

可是那利想和別人一樣站到平臺上去。於是又奮力掙扎了一會兒，最後才用手臂撐著平臺，伸上了腳，終於和大家一樣在平臺上直立著，他喘著氣，帶著微笑，俯視著在下面的我們。

我們每一個人都忘情的拍著手。這時，那利向外面的街上望去，我也向那個方向望去，竟然看見他媽媽正低著頭不敢仰視。

當他媽媽把頭抬起來的時候，那利也下來了，我們全體大聲喝采，一湧而上。

那利臉紅如桃，眼睛閃爍發光，從前的那利似乎已脫胎換骨。

放學的時候，那利的媽媽來接兒子，把他緊緊抱住並很擔心的問：「有沒有怎麼樣？」

我們齊聲替他回答說：「他好棒哦！和我們一樣爬上去了！那利好能幹、好勇敢哦！還有許多人比不上他呢。」

只見他媽媽快樂得不得了，想說什麼又說不出來，於是就和其中三、四個同學握了手，又親切的拍了拍甘倫的肩，就帶著那利走了，而我們也目送他們母子二人快樂的離去，在夕陽餘暉下，拖著長長的背影。

爸爸的老師

昨天爸爸帶我去旅行，我有說不出來的快樂！而這究竟是怎麼一回事呢？

話說前天晚餐時，爸爸正看著新聞，忽然吃驚的說：

「唉呀！我還以為二十年前他就已經去世了呢！沒想到我小學一年級時的克洛賽諦老師還活著哩，今年他已八十四歲了！轉眼他當了六十年的老師，教育部還要頒贈給他獎章耶。

「六十年了！你想想，六十年耶，據說他兩年前還在學校教書，唉，可憐的克洛賽諦老師，他現在住在距這裡一小時火車車程可到的孔特甫城。安利柯！明天我們去拜訪他吧！」

當天晚上，爸爸一直述說著這位老師的事。因為再次見到以前老師的名字，不禁把小時候的種種，以前的朋友、去世了的祖母……所有過往又都鮮明的回想起來了。

爸爸說：「克洛賽諦老師教我的時候，正值四十歲，老師的面貌到現在我都還記得。他是個身材矮小、有點駝背、眼睛炯炯有神、把鬍子剃得很乾淨的老師，他雖是個嚴肅的人，但卻是個很好的老師。

「他對我們視如己出，從不計較我們的過失。他原是農家子弟，因為自己的理想和抱負，於是做了老師。當年你祖母就很佩服他，你祖父和他也要好得像個朋友一樣。不知他為什麼會住到這附近來的？現在即使見了面，恐怕也很陌生了，但是不要緊的，就算四十四年沒再見過面！安利柯！明天和爸爸一起去吧！」

昨天早上九點鐘，我們搭了火車前去。原想邀甘倫一起去，但他因為媽媽病了，所以作罷。

昨天天氣很好，原野一片綠油油，百花綠樹夾道，火車經過時，空氣顯得格外清香。爸爸愉快的望著窗外，一面手搭在我的肩上，像和朋友談話一樣的對我說：

「啊！克洛賽諦老師是除了你祖父以外，最關愛我的人了。他對我的種種教誨，直到今天我都還記得。有一次被老師斥責而難過的跑回家的情境，至今都還深深的印在我腦海呢。

「老師的手很粗大，老師的神情，如今都還歷歷在目，他平常總是靜靜的走進教室，把手杖放在屋角，把外套掛在衣架上，無論何時，態度都是一樣的，總是很真誠、很熱心的對待我們，什麼事情都是盡心盡力，從開學的那一天起就一直都是這樣的。

「現在我的耳朵還迴響著老師的教誨：「勃諦尼，你要用食指和中指這樣握住筆杆啊！」四十四年了，老師恐怕變很多了。」

等到了孔特甫，我們去探聽了老師的住所後，立刻就意會了一件事，原來在這裡，每個人都認識老師。

我們走出了街市，走向那籬間有花的小路去。

爸爸似乎在沉思往事，不時微笑的自個兒搖著頭。

突然，爸爸停住腳步說：「是他！一定是他！」小路的那頭來了一個戴著帽子的白髮老人，正倚著手杖緩緩走來。他的腳似乎有點跛，而手也有些顫抖。

「果然是他！」爸爸反覆的說，並急步上前去，到了老人面前，老人也停住了腳步注視著爸爸。老人的眼中流露著慈祥光輝。

爸爸脫了帽子：「您就是克洛賽諦先生嗎？」

老人也把帽子拿下來：「是的。」他用顫抖而粗沉的聲音回答說。

「啊！那麼……」爸爸握了老師的手，「對不起！我是從前受教於您的舊學生。老師您好嗎？今天我是特地從丘林前來拜望您的。」

老人驚異的注視著爸爸：「真是難為你了！我不知道你是哪個時候的學生。對不起！你的名字是？」

爸爸把姓名「亞爾培爾．勃諦尼」和曾在什麼時候、什麼地方的學校受教說明了以後，又說：「事隔多年，難怪老師記不起來，但是，我還記得老師您啊！」

老人垂下頭沉思了一會兒，把父親的名字念了三、四遍，爸爸只是微笑的對著老師看。

忽然，老人抬起頭來，眼睛張著大大的，徐徐的說：「亞爾培爾．勃諦尼？技師勃諦尼的兒子？你曾經住在孔沙拉泰，是嗎？」

「是呀。」爸爸馬上伸出手去。

「原來是你！原來是你！」老人說了便跨步過去抱住爸爸，那白髮正垂在爸爸的髮上。爸爸把自己的臉頰貼住了老師的脖子。

「請跟我來！」老先生說著，移步往自己住所走去。老先生開了門，引導我們進入。屋內四壁粉刷得雪白，屋內一角擺著小床，另一角擺著櫃子和書架。椅子有四張，牆壁上掛著一張舊地圖，屋裡充滿了蘋果的香氣。

「勃諦尼先生！」老師看著陽光照射的地板說：「我還記得，妳媽媽是個很好的人，你在一年級的時候是坐在那個窗口左側的位置上，對不對？呵呵！」

老師又追憶了一會兒，「你曾是個非常活潑的孩子，不是嗎？在二年級那年，曾患過扁桃腺炎，再回到學校來的時候，已經瘦得不成樣子，你還是裏著圍巾來的。轉眼到現在已經四十年了，你居然還記得老師，真是難得啊！」

老師問了爸爸的職業，又說：「我真快樂！謝謝你！近來已經很少有人來探望我了，你恐怕是最後一個人吧！」

「哪裡，老師您還很健康呢！千萬不要說這樣的話！」爸爸說。

「不，不！你看！我的手總會這樣抖個不停，真是糟糕！三年前患了這毛病，那時還在學校教書，起初也沒去注意，總以為很快就會痊癒的。不料，竟漸漸嚴重了起來，最後終於連字也不能寫了。唉，那一天，是我當老師以來，第一次把墨水滴落在學生的筆記簿上，談起那一天，真是讓我難過極了！儘管這樣，但我總還是得支撐下去吧。

「於是在我教書生涯的第六十年，我終於和我的學校、我的學生、我的事業說再見了，那真是有生以來最深刻的一次記憶了！最後上課的那天，學生一路送我，到了家裡還戀戀不捨。我悲傷到了極點，以為我的生活從此也完了。

「更不幸的是，我的妻子前年過世，唯一的獨子不久也去世了，現在，只有兩個做農夫的孫子，靠些零碎的年金，終日沒事可做。日子悠悠的過著，好像永不會結束似的。我現在的工作，只是每天重讀以前學校裡的書，或是翻讀日記，或是閱讀別人送給我的書。都在這裡呢。」

他指著書架說：「這就是我的所有紀錄，我全部的生涯都在這裡面。除此之外，我沒有其他東西留在世界上了！」

老師突然帶著快樂的語調說：「嚇你一跳吧！勃諦尼先生！」說著，他便走到櫃子旁把那大抽屜拉開。其中有許多紙束，都用細繩綁著，上面一一記著年、月、日。他翻尋了好一會兒，取了其中一束打開。翻出一張黃色的紙遞給爸爸。這是四十年前爸爸的成績單。

紙上記著「聽寫測驗，一八三八年四月三日，亞爾培爾．勃諦尼」等字樣。爸爸仔細端詳著這寫著小孩筆跡的紙片，不禁笑中帶淚。

我站起來跑到爸爸身邊問這是什麼？

爸爸一手抱住了我說：「你看這裡！這是你祖母幫我修改過的。你祖母常替我在這個地方修改，最後一行，全是你祖母幫我改的。那時我疲倦得睡著了，你祖母就模仿了我的筆跡替我寫完的。」爸爸說完，就拿起紙印上一吻。

老師又拿出另外一束來。

「你看！這是我的紀念品。每學年，我都會把學生的成績各取一分這樣收藏著。其中記有年、月、日，按照順序排列在這裡。每次我打開，一一翻閱時，心裡就會回憶起許多事情來，好像我又回到那時的情境裡。

「啊！已有許多年了，每當把眼睛閉上，就像有許多孩子，許多的班級在眼前。那些孩子，有的已經死去了，但許多事情我都仍記得，而那些最好和最壞的，尤其令我印象深刻，不管是使我快樂的孩子或是使我傷心的孩子，都教我難以忘記。我就好像是另一個世界的人，你們無論是壞的是好的，對我而言都是一樣的。」

老師說完，再次坐下，握住我的手。

「怎樣？還記得我那時的惡作劇嗎？」爸爸笑著問。

「你嗎？」老師也笑了。「照說你也算是個淘氣的孩子。不過，你同時是個伶俐的孩子，我還記得你媽媽滿疼你的呢。這姑且不提，啊！今天你能來，真的是很難得，謝謝你！難為你在百忙中還能來探望我這個老頭子！」

「克洛賽諦老師！」爸爸用很高興的聲音說：「我還記得媽媽第一次帶我到學校去的情景。她似乎覺得將我從她手裡交付給別人，母子從此分離，心裡很不好受，而我也很難過。在窗口和媽媽說再見的時候，我眼中裝滿了眼淚。

「這時老師你過來招呼我，老師那時的姿勢、臉色，都好像洞悉了我媽媽的心情似的。老師當時的眼色好像在說『不要緊』！我看了那時老師的神情，就深深明白老師是會保護我的、會寬待我的。那時老師的樣子令我永誌難忘，今天我從丘林到此就是為了這個記憶。因為我想在四十四年後的今天，再見見老師，向老師說聲謝謝。」

老師不作聲，只用了那顫抖著的手撫摸我的頭。

爸爸環視屋內，粗糙的牆壁，簡陋的臥榻，些許的麵包，窗口擱著小小的油燈。爸爸看到這些，似乎在說：「啊！可憐的老師！作育英才辛苦了六十年，所得的報酬竟只有這些嗎？」

可是，老師卻甘之如飴。

他高高興興的和爸爸談著我家裡的事，以及從前的老師們和爸爸同學們的情形，話題像是談不完似的。爸爸想攔住老師的話，請他到街上一起午餐。而老師只一味說著謝謝，似乎猶豫不決的樣子。爸爸站起身來執起了老師的手邀請他去。

「但是，我這樣要如何吃東西呢！手這樣抖個不停，恐怕會被人笑話吧！」

「老師！有我在啊！」

老師見爸爸這樣說也就應允了，只見他微笑著搖頭，「今天真是好天氣啊！」他一面關門一面說：「真是好天氣。勃諦尼，我不會忘記這難得的一天的！」

爸爸攙著老師，老師則牽著我的手一同下坡去。

途中遇見攜手同行的兩個光腳少女，據他說，那是三年級的學生，上午在田裡工作，吃完中飯後要到學校去。

這時已經正午，我們到了街上的一家餐館，三個人就圍坐在一起吃午餐。

他很快樂！可能是因為快樂的緣故，手竟然好像顫抖得更厲害，幾乎不能吃東西了。

爸爸幫他切肉片，切麵包，還幫他把鹽撒在盤裡，湯是用玻璃杯盛了捧著喝的，而他總是軋軋的碰撞著牙齒發出聲音呢。

老師不斷談著他在年輕時代讀過的書、現在社會上的新聞、自己被前輩稱讚過的事還有現代制度的種種。他微紅的臉就像一個少年人一樣的快樂而健談。爸爸也怡然微笑的看著老師，那神情就和平日在家裡一面想著事情一面注視著我的時候一樣。

一不小心，老師打翻了酒，爸爸站起來用餐巾替他拭乾。

老師笑著說：「哎呀！真是不好意思！」

後來，老師用他那顫抖的手舉起酒杯來鄭重的說：「來！祝你和你的孩子健康，還有紀念你母親，我們乾了這杯！」

「老師！祝您健康！」父親回答時握著老師的手。在屋角的餐館主人和侍者們都朝我們這邊看。他們眼見這對師生的情誼，似乎也深受感動。

兩點鐘以後，我們走出餐館。老師說要送我們到車站，父親又去扶他，而老師仍牽著我的手，我則代他拿著枴杖。街上行人都站在那兒看我們，因為本地人大多認識他，有的還和他打招呼呢。

我們在街上走著，窗口傳出小孩的讀書聲，老師停住腳步感傷的說：

「勃諦尼！每當聽到學生的讀書聲時，我就想到我已不在學校，已有別人代我在那裡教書了，我總會情不自禁的悲傷起來！那種聲音是我六十年來早已熟聽的聲音，如今我好像已和那個大家族分離了一樣，一個小孩都沒有留在身邊了！」

「不，老師！老師您有許多的孩子呢，那許多孩子如今都散布在世界各地，和我一樣都想念著老師呢！」

老師悲傷的說：「不，不！我已沒有學校，沒有孩子了！沒有了孩子，就不能生存。我的末日大概就快到了吧！」

「請不要說這樣的話！老師您做過許多偉大的事，您把自己的一生都放在教育無數的後代上！」

老師把那白頭靠在爸爸的肩上，又把我的手緊緊握著。到月臺時，火車就快要開了。

「再見了！老師！」爸爸在老師臉頰上親吻告別。

「再會了！謝謝你！孩子，再會了！」老師把爸爸的一隻手用自己顫抖著的兩隻手緊緊握住，貼到胸前去。

我跑過去和老師擁抱說再會時，老師的臉上已流滿了淚。

爸爸把我先推入車內，待車要開動的時候，從老師的手中取過手杖來，而把自己拿著的，上頭刻有自己姓氏的一根昂貴華美的手杖交換了過去。

「請收下這個，老師，就當作紀念吧！」

老師正想推辭，爸爸已跳入車裡，把車門關上。

「再會了！老師！」爸爸說。

「再會了！你已給了我這個窮老頭許多慰藉！願上帝保祐你！」老師在車即將啟動時說。

「我們會再相見的！」爸爸說。

老師搖著頭，好像在說：「恐怕不能了！」

「一定會的，老師，再見了！」爸爸反覆的說。

老師把顫抖的手高高的舉起指著天，「是的，一定會再相見的，就在那上面吧！」

於是，老師的身影，漸漸消逝，我看爸爸紅著眼眶，終於掉下了眼淚。

痊癒

和爸爸做了一趟快樂的旅行回來後，竟然生了一場大病，真是令人始料未及。

在這十天裡，我病得幾乎快丟了這條小命，矇矓中只記得媽媽一直在啜泣，爸爸蒼白著臉在一旁守著我，雪兒姊姊和弟弟在低聲談著話，那戴眼鏡的醫生在床前雖曾對我說了些什麼，但我全然不知。我差一點就要和這個世界告別了。

在生病的這些日子裡，什麼都茫茫然的，像做了一場黑暗而痛苦的夢！我還記得我二年級時的女老師曾到床前，用手帕捂住自己的嘴，因為她一直在咳嗽。還有我的老師曾彎下身親吻我的臉頰，我的臉還被他的鬍子扎得好痛。克勒西的紅髮，戴洛希的金髮，以及穿著黑服的寇拉西，都好像在雲霧中看見過。甘倫曾拿著一個帶葉的橘子來給我，因他媽媽有病在身，所以停留一下就回去了。

等到從長夢中醒來，神智稍微清楚了些，我看見爸媽在對我微笑，雪兒姊姊在低聲唱歌，我才知道自己的病已好了大半。啊！真是一場作弄人的噩夢啊！

從此以後，我每天等待著什麼時候可以下床活動，直到「小石匠」來裝兔臉給我看，我才笑開臉。他自從病好以後，臉就變長了許多，兔臉比以前裝得更像了。柯禮提也來看過我，而卡洛斐來時，把他正在經營的小刀彩票，送了我兩條。

昨天我睡著的時候，潘克錫來看過我，據說他拉起我的手在自己的臉頰上撫了一下就回去了，因為他才從鐵工廠出來，臉上還沾著煤炭灰，所以我的袖子還留著灰屑，而當我醒來看見他留下的痕跡時，感到格外的窩心。

才幾天，樹葉又綠了許多。從窗外望去，看見其他小孩都背著書包到學校去，我真是羨慕極了！好想快點回到學校去，好想快點見到全部的同學，想看自己的座位、校園及街上的情景，想聽聽在我生病這段期間所發生的所有新聞，更想去翻翻筆記簿和書本。它們都好像已有一年多不見了。

我可憐的媽媽瘦得好蒼白，而爸爸也很疲倦！那些來看我的親愛朋友們，都跑過來和我打招呼。啊！一想到將來要和這許多好朋友分離，我就不禁悲傷起來。我大概是可以和戴洛希一起再升學的，但，其餘的朋友們怎麼辦呢？

從學校畢業以後，大家就要分開了，從此以後，就不能再在一起了！下次我再生病時，也不可能再在床前看見他們了——甘倫、潘克錫、柯禮提，都是我最要好的死黨——可是，我們終究不能永遠在一起了！

到處都是朋友

安利柯：

為什麼你會認為「不能永遠在一起」呢？

當你修畢了小學進入中學，而他們則進入社會開始工作時，那幾年，大家都還在同一個城市裡，為什麼不能相見呢？就算你進了高中或大學，你也可以到工廠裡去看他們呀，在工廠中與老朋友相見，是件多麼快樂的事啊！

無論柯禮提和潘克錫在什麼地方，你都可以去拜訪他們的。你可以到他們那裡去學習不一樣的事情。倘若你和他們沒有繼續交往，那麼，今生你就將再也交不到和自己生活不同領域的朋友了。到那時候，你就只能在自己窄小的生活領域裡打轉，一個只能在自己的範圍中交朋友的人，就和一個只讀一本書的學生一樣。

所以，要有絕對的信心和他們繼續交往下去，而且，從現在起，就要提醒自己多和那些勞動者的子弟交朋友。

上流社會就好比是將軍，下層階級就好比是士兵。社會和軍隊一樣，士兵並不比將軍卑下，貴賤在能力並不在於薪俸，在勇氣並不在於階級。若真要細論，那士兵與勞動者所受的報酬越少就越形可貴。

所以，你在朋友之中，對於勞動階級的孩子，應該特別謙讓友愛，對他們父母平日所付出的勞力與犧牲，更應該表示尊敬，不應只著眼於財產和階級的高下。若以財產和階級的高下來區分人的話，那你就是白受教育了。要愛甘倫、柯禮提、潘克錫、「小石匠」和所有與你曾經共度歡喜憂傷的同學死黨們，將來不管命運怎麼變化，你也絕不要忘了少年時代的友誼。

倘若過了四十年，有天你在車站遇見了甘倫，他墨黑著臉，穿著司機的衣服，即使到時你貴為國會議員，也應該立刻跑上前去，將手搭在他的肩上熱情的打招呼，因為真正的友情不應該只是被動的等待，而應該是勇敢的表達，唯有如此，才能到處都有朋友。

我相信你一定會這樣做的，對不對？

——爸爸

甘倫的媽媽

昨天，當我們一走進教室時，老師就對我們說：「甘倫的媽媽逝世了！明天他就要回到學校裡來，希望你們大家等他進教室來的時候，要親切的安慰他，不許說嘲笑他的話。」

今天早上，甘倫來遲了。我看見他心事重重，一副很難過的樣子。他的臉變得消瘦多了，眼睛紅紅的，兩腿顫抖著，似乎才生過一場大病似的。穿著一身黑服，我差一點就認不出他是甘倫了。

同學都屏著氣息注視著他。他進了教室以後，似乎忽然想起媽媽平常每天都會來接他，會在窗外看他的許多往日情景，他就忍不住的哭了起來。

老師走過去將他摟抱在胸前，「哭出來吧！哭出來吧！孩子！但是不要喪了志！你媽媽已不在這世上了，但是，她仍在照顧著你，仍在愛著你，仍在你身旁啊。你會和媽媽再相見的，因為你有著和媽媽一樣正直的精神。孩子！你要自己多珍重啊！」

我不忍去看甘倫的臉。

甘倫取出自己的筆記簿，和許久未曾翻閱的書來看，翻到上次他媽媽送他來時摺起的地方，又忍不住掩面低泣了起來。

老師對我們使眼色，暫時不要去理他，繼續上課。

我雖想對甘倫說句話，可是不知該說什麼才好，只有將手搭在甘倫肩上，低聲的這樣說：

「甘倫！不要再哭了！」

甘倫沒有回答我，只有把頭趴在桌上。

下課以後，大家都很有默契的圍在他周圍。

我因看見媽媽來了，就一如往常的跑過去抱著她，誰知媽媽卻將我冷冰冰的推開，只是看著甘倫。我莫名其妙，但見甘倫一個人站在那裡，默不作聲，悲哀的看著我，神情好像在說：

「你還有媽媽會來抱你，而我再也沒有了！今生今世，我再也沒有了！」

我才領悟到媽媽推開我的原因，所以就不需要媽媽牽我的手，自己走了出去。

非超越不可的悲哀

今天早上，甘倫仍是蒼白著臉、紅腫著眼睛來上學。我們放在他桌上當作唁禮的東西，他看也沒看。

老師拿了一本書來，說是預備念給甘倫聽的。他先對我們說，明天要授勳給前次在濮河奮勇救人的少年，而下午一點，大家要到市政府去參觀授勳典禮，下星期一就寫一篇參觀心得，當作這月的「每月故事」。老師說完後，又對那垂著頭的甘倫說：

「甘倫！今天請忍耐一下，把我以下所講的話和大家一齊做筆記。」我們都拿起筆來，老師就開始講：

「寇塞貝．馬志尼，一八〇五年生於熱那亞，一八七二年卒於辟沙。他是個偉大且愛國的大文豪，又是義大利改革的先驅者。

「他有著強烈的愛國情操，四十年來和貧苦奮鬥，甘受放逐迫害，寧做亡命之徒也不肯變更自己的理想主義和決心。他一生都非常敬愛母親，更將自己所有的成就，全歸功於母親的感化。當時他有一個摯友失去了母親，不勝哀痛，於是他寫了一封信去慰唁。

「他說，朋友！你在這世上已不可能再見到你母親了，這實在是件很痛苦的事。我之所以不忍見到你，因為你現在正處在任誰都難免，而且非超越不可的悲哀之中。

「非超越不可的悲哀，你了解我的意思嗎？

「在悲哀裡，有種不能改善我們的精神，反使我們更陷於柔弱卑屈的東西，對於這一部分，我們應當戰勝而且超越。

「至於悲哀裡，還有種可使我們精神高尚偉大的東西，這部分則是應該要永遠保存而絕不可丟棄的。

「在這世界上，無論是在悲哀或是喜悅之中，你永遠都不可能忘了自己的母親。然而，你可以紀念母親，敬愛母親，哀痛母親的死，但卻不可辜負你母親的心。

「你昨天在這世上還有母親，今天則隨處有天使。因為凡是善良的東西都有加增的能力，會成為這一世的生命，永不消滅。母親的愛，不也是這樣子嗎？你母親會比以前更愛你啊！因此，你對母親，也就有比以前更重的責任了。你在其他的世界能否和母親再相會，完全要看你自己的行為如何了。

「所以，應該為了愛慕母親而更加砥礪自己，鞭策自己，以慰母親在天之靈。以後你無論做什麼事，都必須常自己反省：『這是不是母親所喜愛的？』母親的死去，實際上是為你在這世界上遺留了一個守護神。你以後一生的行事，都非和這守護神商量不可。

「要剛毅！要勇敢！要和失望與憂愁奮鬥！在萬般苦惱之中維持精神的平靜！因為這是在天上的母親所要的。」

老師特別對甘倫說：

「甘倫！要勇敢！要平靜！這是你母親所想要的。懂了嗎？」

甘倫點頭，豆大的淚珠，掉落在他手背、筆記簿和桌上。

每月故事：平凡中的平凡

下午一點鐘，老師帶我們到市政府，參觀授勳給上次在濮河救起小孩的少年。

大門飄著大大的國旗。我們走進中庭，那裡早已人山人海，我們和別校的學生併集在一隅，旁邊有一群高中生模樣的學生在談笑著。據說他們是今天要接受勳章的那個少年的朋友，他們還是特地從遠方趕來觀禮的。

市政府的人員多在窗口探望，圖書館的走廊上也有許多人靠著欄杆在圍觀。大門的樓上擠滿了小學女生，好像一個劇場，大家高興的笑著，樂隊在廊下一角演奏樂曲，陽光明亮的射在高牆上。

忽然，掌聲四起，從庭中，從窗口，從廊上熱烈應和著。

我踮起腳看見在講臺後面的人們已分為左右兩排站著，另外來了一個男子和一個女人，男子則牽了一個少年的手走出來。

這少年就是那救人的勇敢少年。那位先生是他的爸爸，是一個工人，今天特意打扮得很整齊，那女人則是他媽媽，小小的身材，皮膚白皙，穿著黑色衣裳，少年也有著白皙的皮膚，穿的衣服是暗灰色的。

三個人見到這麼多人，聽到這麼多的掌聲，卻只是站著不動，眼睛也不向別處看，司儀帶領他們到講臺的旁邊。

掌聲再度響起，少年望望窗口，又望望四面八方的人，好像不知自己身在何處了。少年長得有點像柯禮提，只是臉色比柯禮提稍紅潤些。他的爸媽一直注視著臺上。

這時候，在我們旁邊的那群青年朋友，接連的向少年招手，或是不時輕鬆的喚著：「平諾脫！」好引起少年的注意。少年居然好像聽到了，看向他們，他在帽子下面露出了笑臉來。

隔了一會兒，市長和許多來賓一齊進來。市長穿了純白的衣服，圍著三色的肩衣。他站在臺前，其餘的來賓都在他兩旁或背後就座。

樂隊停止奏樂，全場肅靜了下來。

市長開始演說，大概是述說少年的事蹟，不怎麼聽得清楚。到了後來，聲音漸高，語音響遍全場。

「……這少年在河邊眼見自己的朋友即將溺斃，當下就毫不猶豫的跳入水中去救人，旁邊的孩子們想攔住他說：『你也會和他一樣被淹沒啊！』但他毫不理會他人的勸阻，依舊躍入水去。

「當時河水正漲滿著，就連大人下去，也難保不會有危險。

「只見他盡力和急流奮鬥，竟把快在水底溺死的友人撈起，護著他奮勇而上。好幾次險要遭溺斃，但他終於靠著無比的勇氣，浮出水面來。那種堅忍不拔的精神和生命潛能的發揮，幾乎不像是少年的行徑，倒像是父母在救自己兒女時的表現。

「上帝有感於這少年的勇敢行為，冥冥中就助他成功，使他能將快要死的友人救起。事後，他若無其事的回到家裡，只淡淡的把經過情形報告家人知道。

「各位！『勇敢』對大人而言，已是難能可貴的美德了，至於對沒有名利之心的小孩，對體力不夠，無論做什麼事都不從心的小孩而言，則是不可思議的極限發揮了。各位！我不再說什麼了！對於這樣高尚的行為，是沒有讚語可以形容的！

「現在，在各位面前的，就是那位高尚勇敢的少年！」

市長取了勳章替少年掛在胸前，又抱了抱他表示讚賞。

市長和少年的爸媽握手，將絲帶綁著的獎狀遞給他的媽媽，又對那少年說：「今天是你最光榮的日子，也是爸媽最幸福的日子。請你一輩子都不要忘了今天！」市長說完便退下，樂隊又奏起樂來，我們以為儀式就此要完畢了。這時，走出一個約八、九歲的小男孩來，他跑近那授動的少年，整個人投進他的懷裡。掌聲又響了起來。他就是在濮河被救起的小孩。

被救的小孩與恩人擁抱之後，便攜手走了出去。少年的父母跟在後面，勉強從人群中擠到大門口，警察、小孩、軍人、婦人，大家都將頭轉向那一方，踮起了腳要看看這少年。在附近的人，有的去握他的手，他們從學生群旁邊通過時，學生們都把帽子高高舉在空中搖動，和少年同鄉的朋友們都紛紛的前去握少年的手，或是拉住他的上衣，狂叫：「萬歲！萬歲！」

少年經過我身旁時，我看見他臉上帶著紅暈，勳章上附有紅白綠三色的絲帶。那個做爸爸一直用手撫著自己的鬍子，而窗口及廊下的人們見了都對他們喝采，當他們通過大門時，有人拋下堇花和野菊來，落在少年和他爸媽的頭上。

我想，他今天的榮耀，絕不是救人當時所能想像得到的，因此，他的膽識格外令我由衷佩服。

第八卷　五月

畸形小孩

今天感覺不太舒服，向學校請了假，然後跟著媽媽到殘障學校去。媽媽是為了幫門房的兒子請求入校去的。等到了那裡，媽媽卻叫我留在外面，不讓我進去。

安利柯：

你知道媽媽為什麼不讓你進去嗎？因為，把你這個健康的小孩帶到那些不幸殘廢的群體裡去給他們看，實在是不妥當的。你知道嗎？當媽媽身處其境時，我的眼淚幾乎就要奪眶而出了。那裡面的小孩約有六十人，有的骨骼不正，有的手足歪斜，有的皮膚皸裂，有的身體扭曲不堪，雖然其中也有像貌伶俐，眉清目秀的。

有一個孩子，鼻子高高的，雖然臉的下半部已經像老人家的尖長了，可是他還是帶著可愛的微笑。有的孩子從前面看去還十分端莊秀麗，不像是有殘疾的樣子，可是等他轉過身來，看到的卻是令人不忍卒睹的一幕。

醫生到這裡時，叫他們一個一個站在椅子上，把衣服拉高，讓膨大的肚子或是臃腫的關節露出來好做檢查。他們時常這樣脫去衣服，轉著圈子給人看，已經習慣了，一點也不覺得難為情。可是想一想，在他們最初剛發現自己身體殘疾的時候，那是多令人難以置信和難過啊！當病情日漸嚴重，人們對他們的愛也漸漸減退，有的整整被棄置在屋角好幾個小時，只有一些粗糙的食物可吃，有的還被嘲弄，有的甚至還枉受了無數次治療的痛苦呢。

現在，由於這學校的照顧和適當的復健運動，他們才算好過了些。看見那些因聽到號令而伸出來一隻隻綁著繃帶和夾板的手腳，想想還真是可憐呢。有的在椅子上不能直立，只能用手臂托住頭，另一手扶著枴杖，有的手臂雖然勉強向前伸直了，但卻必須付出呼吸急促，然後臉色蒼白昏倒在地的代價。

儘管如此，他們還是盡可能的強顏歡笑。

安利柯啊！像你這樣健康的小孩，還不知感恩自己所擁有的健康和正常，當我見了那些可憐的畸形孩子，一想到世上每個做媽媽的都把孩子當成自己的榮耀，誇耀的抱著她健壯的小孩，便覺得力不從心，恨不得自己能分身去一個一個摟抱他們。

如果周圍沒人，我一定會這麼說：「我願一生照顧你們！」

可是，孩子們還是唱著歌，那種細緻可悲的聲音，讓聽見的人為之斷腸。老師稱讚他們，他們就顯得非常快活，在老師經過他們座位旁的時候，他們都會去吻她的手。大家都愛慕著老師。據說，他們的頭腦都出乎意料的好，也十分用功。

那位老師是一個溫柔的女子，面貌充滿了慈愛。她之所以常帶著慈悲的笑容，大概是經年累月和那群不幸的孩子們作伴的緣故吧。真是令人敬佩！每日勤勞工作的人雖然不少，但像她那樣日復一日，年復一年做著神聖職務的人，大概不多吧……

——媽媽

犧牲

媽媽固然是我心目中的好人，但雪兒姊姊也像媽媽一樣的好。

昨天晚上，我正在抄寫每月故事「千里尋母」其中的一段——因為太長了，老師叫我們四、五個人分工合作來抄寫。姊姊這時靜悄悄的走進來，低聲急切的說：

「我們快到媽媽那裡去！媽媽和爸爸不知在說什麼，好像有什麼不幸的事情要發生了，爸爸一副悲痛的樣子，媽正在安慰他。爸爸說家裡有困難了——懂嗎？家裡已經快沒有錢了！他說，要有若干犧牲才能度過難關呢。我們也盡點力好嗎？我去和媽媽說，但是你也要支持我，並且要照我所說的向媽媽保證，不管他們要我們做什麼我們都要答應做！」

姊姊說完，隨即拉著我的手一起到媽媽那裡去。媽媽正一面做著針線，一面沉思著，我在長椅子的一端坐下，姊姊坐在另一端。

「媽！我們兩個有一句話要和您說。」

只見媽媽吃驚的看著我們。姊姊繼續說：「爸爸不是說沒有錢了嗎？」

「妳在說什麼？」媽媽紅著臉回答。「沒有錢的事，你們知道了？是誰告訴你們的？」

姊姊大膽的說：「我們都知道了！媽！我們覺得也應該盡點力。您不是說要給我買扇子嗎？還答應給安利柯買顏料盒嗎？現在，我們什麼都不要了。不要再為我們花什麼錢了，媽！」

媽媽剛要回答說什麼，姊姊阻止了她。

「媽！我們已經決定了。在爸爸拮据的時候，水果或其他什麼都可以不要，我們只要有湯喝就可以了，早上有麵包吃就夠了。這麼一來，吃的方面多多少少就可以省一些出來。爸媽待我們姊弟已經太好了！喂，安利柯，你說是不是？」

我馬上回答說是。

姊姊用手遮住了媽媽的嘴，繼續說：「還有，無論是衣服或是什麼，如果有可以不必買的，我們都願意省下來。就算把人家送給我們的東西賣了也可以，我們還可以幫媽媽出點勞力。什麼事情我們都會做的！」說著又將手臂彎到媽媽的頸項上去。

「如果能幫爸媽一點什麼忙，而能讓爸媽再像從前那樣快樂的看著我們，多麼辛苦的事情我們都願意去做。」

就在這時，媽媽的臉上露出了一種喜悅的神情，是我從未見過的那種。

她在我們兩人的額頭親吻了一下，什麼都沒說，只是笑中帶淚。媽媽說家裡並不缺錢，叫姊姊不要誤會。她還一再稱讚我們的好意，我們讓她感到很欣慰，等爸爸一回來，她就一五一十的告訴了他，而爸爸也沒說什麼。

今天我們要吃早餐時，我眼睛一亮，許多複雜的感觸油然而生，是那種形容不出來的歡喜與憂傷，因為我的餐巾下面，藏著顏料盒，姊姊的餐巾下面，藏著扇子。

如臨現場的大火

今天早上，我做完了功課，正想著這次作文的題目。忽然外面一陣嘈雜的聲音。過了一會兒，有兩個消防人員進到屋子裡來和爸爸說，要檢查屋內的火爐和煙囪。因為屋頂上的煙囪冒出火花，分辨不出是從哪家冒出來的。

「請便！」爸爸說。

其實我們屋子裡並沒有著火，可是消防人員仍在屋裡巡視，把耳朵貼近壁爐聽有沒有火花在爆發的聲音。

在他們到處巡視時，爸爸對我說：「你看！眼前不是一個大好題目嗎？——就叫『消防人員』。來，我講你寫啊。

「兩年前某個深夜，我從劇場回來，才正要走到羅馬街時，就看見了一團猛烈的火光，許多男女老少都聚集在那裡。有一間屋子正被大火燃燒著，火舌不斷從窗口、屋頂冒出來，屋裡的人個個都從窗口探出頭來拚命的叫著救命。

「這時來了一部救火車，四個消防人員從車上跳下來。他們是最先趕到的，一下車就直接衝進屋子裡去。就在同時，一個女人在四樓窗口叫喊著，手拉住了欄杆，背向窗面，火焰在整層樓竄燒，幾乎就要燒著她的頭髮了。群眾發出惶恐的叫聲，方才的消防人員救人心切，把三樓的牆壁打穿了衝進去，這時群眾才齊聲狂叫說：『在四樓，在四樓啦！』

「只見他們急著上四樓去，忽然梁木從屋頂整個落下。現在到四樓去，除了從屋頂走外已沒有別的路了。他們急忙跳上屋頂，在煙霧裡可以看到一個黑影，就是那個最先跑到的隊長。可是，要從屋頂到那被火包圍著的屋裡去，非得通過那屋頂的窗子和欄杆不可。因為別處都已被火焰包圍住了，只有這狹窄的地方，尚未被大火吞沒，但也實在沒有可攀援的地方。

「『這下完了！』群眾在底下叫著。

「只見隊長沿著屋頂邊上走，群眾緊張的看著他。他終於神勇的通過了那狹窄的地方，下面的喝采聲不絕於耳。只見隊長用斧頭把梁木砍斷，造成一個通道。

「這時，那女子仍在窗外呼救著，火焰快要捲燒到她的頭上，眼見她就要往街上墜下了。

「這時，隊長整個身子跳進屋裡去，後來的消防人員也跟著跳入。

「慢半拍的長梯子這時才運到，窗口冒出險惡的煙焰來，聽到的都是可怕的呼號聲，情況依然危急。

「『不好了！連消防人員也要被燒死了！完了』群眾叫著說。

「忽然，隊長的黑影在有欄杆的窗口出現了，火光在他頭上照得通紅一片。女子抱住他的頸項，隊長亦兩手抱著那女子。

「群眾的叫聲在沸騰。

「『還有別人呢！怎麼下來？梯子離窗口還遠得很，怎麼接得著呢？』

「在群眾的叫聲中，突然來了一個消防人員，右腳踏著窗沿，左腳踏住梯子，就這樣在空中跨立著，屋中的消防人員把受難者一一抱出遞交給他，他又一一遞給從下面上去的消防人員。下面的又一一遞給在下面的同伴。

「最先下來的是那個曾在欄杆上呼救的女子，接著是小孩，再來也是個女子，再來是個老人。所有遇難者如數下來了以後，屋子中的消防人員也都一一下來，最後下來的是那個最先上去的隊長。

「當他們下來的時候，群眾夾道歡迎喝采，而最先上去最後下來的勇敢隊長下來時，群眾更是歡聲雷動，紛紛張開手臂，好像歡迎凱旋歸來的英雄一般的喝采。頓時，他英勇的名字就在數千人的口中傳遍了。

「知道嗎？這就叫做勇氣。勇氣這東西不是光靠講道理的，而是見了人有危難，就會像電光石火似的一個勁兒的飛跳過去。過幾天，我帶你去看消防人員的演練，再帶你去見隊長。他是怎樣一個人，你一定想看看他吧！」

我說我很想認識他。

「就是這位囉！」爸爸這樣說時，我不覺吃了一驚，回過頭去，見到那兩個消防人員正檢查完畢，要從屋子裡出去。

「快和隊長握握手吧！」爸爸指著那衣領上鑲著金邊，一個短小精悍的人說。

隊長聞言，立刻伸手過來和我握手，然後道別而去。

爸爸說：「好好把這記著！你在一生中握過手的人何止百千，但像他這樣英勇的人，恐怕沒有幾個吧！」

每月故事：千里尋母

有一個十三歲小孩，曾經獨自從義大利到南美洲千里尋母。

他的父母背負了許多的債務，做母親的為了想賺些錢，決定遠赴阿根廷的首都布宜諾斯艾利斯去做女僕。

原來，從義大利到南美洲去工作的婦女還真不少，因為那裡工資豐厚，不用幾年就可賺回好多錢。

於是，這位母親不得不和她兩個兒子暫別，雖然十分悲痛，可是為了一家生計，她也只好忍心的去了。

話說那婦人平安到了布宜諾斯艾利斯，她丈夫有一個朋友正好在那裡經營事業，藉由他的介紹到了該市某上流人家當女僕。起初還常和家裡聯絡，寄到義大利的信通常都是先交給朋友，朋友附寫幾句後，再轉寄到熱那亞的丈夫那裡去。

婦人將每月十五元的工資，每隔三個月就寄回故鄉一次，她的丈夫就把這些錢拿去清償債務，同時自己也努力打拚，忍辱負重，只為等他妻子早日回國，自從妻子出國之後，家裡就冷清得像個鬼屋，小兒子的思母之情與日俱增。

光陰似箭，不覺一年就過去了。

婦人自從來過一封說身體略有不適的短信以後，就消息全無。寫信到朋友那裡去問了兩次，也沒回信來。再直接寫信到那婦人的僱主家裡，仍不得回覆——這是因為地址根本弄錯了。

這時全家人都開始擔心起來，最後只好請求駐布宜諾斯艾利斯的義大利領事代為探訪。過了三個月，領事回答說，連尋人廣告都登過了，就是沒有人來承認。或許是那婦人自以為做女僕是種恥辱，所以根本改名換姓了。

又過了幾個月，一切仍像石沉大海。

做父親的想親自到南美洲去一趟，但就必須把工作辭掉，就這樣，大家每天毫無結論的反覆商量這件事情。直到有一天，小兒子馬可下定決心說：「我要到南美洲去找媽媽！」

父親沒回答什麼，只是悲哀的搖搖頭。

在父親看來，這分心意雖好，但一個十三歲的小孩，獨自做一個月的旅行，並遠赴南美洲，根本是一件不可能的事。

但是，馬可堅持得很，從這天起，每天談起這件事情他總是一副很堅決、很沉靜的表情。述說他決定要去的理由時，那種懂事的程度就好像變成了一個大人似的。

「別人不是也去嗎？只要下了船，就跟著大家走。一到那裡就去投靠叔叔，有很多義大利人在那裡，不必擔心我會迷路的。等找到了叔叔，不就可以找到媽媽了嗎？無論遇到怎樣的困難，我都會自己解決的，那裡的工作機會多，只要找分工作，回國的旅費是用不著擔憂的。」

父親聽他這麼說，也就漸漸不再那麼堅持不讓他去了。他平日就深知自己的這個兒子有著驚人的思想和勇氣，而且他已在艱苦的貧困中生活慣了。

出發那天，父親替他包好衣服，將幾塊錢塞入他的口袋裡，又寫了朋友的住址交給他。

船快開了，父親在吊梯上和兒子吻別。

「馬可，去吧！不要害怕！因為上帝會保祐你的！」

馬可雖有十足的勇氣，但舉目只見汪洋大海，船上又沒有認識的人，一想到此，不覺突然悲從中來。

在最初的兩天，馬可食慾全無，只是蹲在甲板上掉淚，心急如焚，想起種種不好的事，萬一母親已不在這個世上，他該怎麼辦？

茫茫的海洋，除了海天一色外，什麼都看不見，天氣漸漸熱了起來，周圍法國工人們可憐的景象和自己孤獨的身影，在在都使他心頭罩上一層陰鬱。

日復一日，就這樣無聊的過去，正如床上的病人忘記時日一般，馬可覺得自己好像在海上住了一年，每天早晨張開眼睛來，才知道自己仍在大西洋，獨自赴美的途中。甲板上可看見時起時落的美麗飛魚，焰血一般的熱帶黃昏，以及深夜中漂滿海面的粼光，有時，那些都好像是在夢境中。

天氣不好時，整天整夜窩在艙內，聆聽各種器物的滾動聲、碰撞聲、周圍人們的哭叫聲、呻吟聲，覺得世界末日已到了。

當那靜寂的海轉成黃色時，累極了的乘客都如同死去般臥倒在甲板上一動也不動。不知何時才能走完這個大海，滿眼只見水與天，天與水，昨天、今天、明天都是這樣。

馬可時時靠在船的欄杆，腦裡全是母親，往往想著想著，不知不覺就閉眼入夢。夢見一個不相識的人憐憫的告訴他：「你母親已經死了！」驚醒過來，現實仍是茫茫大海。

海上的旅程到第二十七天，也就是最後的一天了，天氣很好，涼風習習的吹著。馬可在船上認識了一個老人，說是要到美洲去看兒子。馬可和他談起自己的情形，老人大發慈悲之心，用手摸馬可的腦袋，反覆的說：「不要緊！很快就可以看見你的母親了！」

有了這同伴以後，馬可顯得有精神多了，覺得自己的前途充滿希望。他經常想像自己已在布宜諾斯艾利斯街上漫步，進了叔叔的店就撲向前去，「媽媽還好嗎？」兩人就急急跨入主人家，主人家開了門——他每次都想到這裡，心中充滿了說不出的孺慕之情。

輪船終於在布宜諾斯艾利斯港下了錨。那是五月中陽光很好的一個早晨，馬可高興得忘了一切，一心一意渴望母親就在距此不遠的地方，馬上便能見面了，他和那親切的隆巴爾地老人告別，迫不及待大步的向這新世界跨出第一步。

向行人問了一下紙上地址所在，那人恰巧是義大利工人。

「往那條街道一直過去，轉彎的地方都標著街名，一一過去就會到你想要去的地方了。」

馬可道了謝，照著他所指示的方向走去。平坦的街道，兩旁都是別墅式的住家。街上車水馬龍，四處飄揚著大旗，每走幾步就有一個十字路口，左右望去都是直而寬闊的街道，這城市好像沒有盡頭似的，一直延伸到整個美洲。

他很專心的把地名一一讀過，有的地名很奇怪，非常難讀；碰見任何一個路過的女人他都會注意的看，心想或許他可以看到一張臉，而她就是自己朝思暮想的母親。

馬可趕忙走了又走，到了一處十字街口，他看了看地名，就釘住了似的立定不動，原來這就是他要找的地方了，他喃喃自語道：「媽！媽！我們終於可以見面了！」進了店門，裡面走出一個戴眼鏡的白髮老婦人來。

「孩子！你要什麼？」她用西班牙語問。

馬可幾乎說不出話來，勉強才發聲問：「這是伍蘭斯可．莫里的店嗎？」

「伍蘭斯可．莫里已經死了！」婦人改用義大利語回答。

「什麼時候的事？」

「呃，大約在三、四個月以前吧。這店現在是由我在經營。」

馬可的臉色開始蒼白。

「只有伍蘭斯可他知道我媽媽在哪裡，我是從義大利來找媽媽的，平常我們通信都是委託他轉交的，無論如何我非找到我媽媽不可！」

「可憐的孩子！你可以去問問附近的小孩子吧。哦！他和伍蘭斯可也許認識，問他或者可以知道一些。」

只見她走出店門口叫了一個孩子進來。

「喂，我問你，還記得那個曾在伍蘭斯可家裡的青年嗎？他不是常遞信給一個女人嗎？」

「他在美貴奈治先生那裡。」

馬可興奮的說：「伯母，謝謝妳！喂！朋友，你帶我去好嗎？」

於是兩個孩子飛也似的跑到了街尾，到了一間小白屋門前，在那華麗的鐵門旁停住，從欄杆縫裡可以望見裡頭種了許多花木的小庭園。

「美貴奈治先生住在這裡嗎？」他很不安的問。

「以前是，不過現在這裡是我們在住。」有個女人用西班牙腔調的義大利語回答。

「他到哪裡去了？」馬可問時，胸中其實正在轟然作響。

「到可特准去。」

「可特准！可特准在什麼地方？還有美貴奈治先生家裡的女傭也一起去了嗎？」

那個女主人注視著馬可說：「我不知道，我爸爸或許知道吧。請等一下。」說完她就進去，叫了一個白鬍鬚先生出來。先生看了這金髮尖鼻的熱那亞少年一會兒，用一種不太純的義大利語問：「你母親是熱那亞人嗎？」

「嗯。」馬可回答。

「就是在美貴奈治先生家裡幫傭的那個熱那亞女人囉？她已隨那家人一起走了。」

「到什麼地方去了？」

「可特准市。」

馬可嘆了一口氣，說道：「那麼，我就得到可特准去了！」

「那兒離這裡有好幾百里路呢！」

只見馬可一手攀著鐵門不知所措。

老先生為之所動，開了門，「到裡面來！讓我想想看有沒有什麼法子？」

詳細問過一切經過情形後，他考慮了一會兒，說：「你身上有沒有帶錢？」

「有一些。」馬可回答。

紳士就在桌上寫信，封好後交給馬可說：「拿這封信到勃卡去。從這裡去兩小時就可以走到。到了勃卡就去找這信上所寫的這位先生，他是那裡誰都認識的人。把信交給他，他明天就會送你到洛賽琉去拜託另一個人，帶你到可特准的。只要到了可特准，美貴奈治先生和你的母親就在那兒了。還有，這也拿去吧。」說著就把若干錢交在馬可手裡。

馬可不知要怎麼道謝才好，只說了一句「謝謝」就提著行李出來，和帶他前來的小孩告別，獨自向勃卡前進。

這一天的林林總總，就像發燒病人的夢魘一般混亂，在他記憶中不斷浮動著，他已疲倦、煩惱和絕望到了極點。

那夜他就在勃卡的工寮和工人一起住了一夜，隔日整天坐在木堆上，等待上船。直到入夜，才乘了那滿戴著貨物的大船前往洛賽琉。船上有三個熱那亞水手，聽見三個人的鄉音，心中才稍感慰藉。

夜涼如水，他睡在甲板上，每次睡醒，張開眼來，都被那月光所驚。汪洋的水和遠處的岸邊都被照成銀色，一看到這光景，他的心就沉下去，心中反覆念著可特准，覺得它好像是幼時在故事中曾聽過的一個魔地。

有一個水手唱起歌來，馬可聽了這歌聲，想起兒時母親哄他入睡的情景，不禁熱淚盈眶。隔天黎明時到了洛賽琉市。那是一個寒冷的早晨。

他一上岸，就提了行李出發。

一到了洛賽琉的街上，他就覺得曾經見過這個地方，到處都是直而大的街道，兩側接連排列著低矮而白色的房屋，屋頂上電線密如蛛網，人車喧嚷得教人頭都要昏了。他在想，該不是又回到布宜諾斯艾利斯了吧。

馬可心裡恍惚的竟要去尋訪叔叔住的地方。無論轉了幾次彎，彷彿仍舊在原處，好在問好幾次路，總算找到了那位先生的住所。

一按門鈴，裡面來了一位肥胖侍者樣的兇惡男子，問他有什麼事情？聽到馬可要見主人，就說：「主人外出，昨天和家屬同到布宜諾斯艾利斯去了。」

馬可言語不通，勉強比手畫腳說：

「但是，我——我這裡沒有別的熟人！我只有一個人！」說著就把帶來的介紹名片交給他。

對方接了，卻極不友善的說：「主人要過一個月才會回來，那時再替你交給他吧。」

「但是，我只有一個人！現在該怎麼辦好呢？」馬可懇求的說。

「哦！又來了！你們國家不是有許多人在這洛賽琉嗎？快走！快走！如果要行乞，到義大利那裡去吧！」隨即把門關了。

馬可呆立在門口。

馬可沒有辦法，過了一會兒，只好提起行李懶懶的離開。此刻他心亂如麻，各種憂慮同時湧上心頭。怎麼辦呢？到什麼地方去好呢？從洛賽琉到可特准有一天的火車路程，而身邊只有一塊錢，除去今天的費用就所剩無幾了。要如何去張羅路費呢？

去工作吧！但是找誰求工作呢？求人施捨嗎？難道還要再像剛才一樣被人驅逐辱罵嗎？如果這樣，還不如死掉算了吧！他一邊這樣想著，一邊遠望那無止盡的街道，勇氣也漸漸消失了。於是把衣包放在路旁，當街坐下，兩手捧著頭，頓時不知何去何從。

街上行人匆匆。車輛轟隆隆的來往經過。孩子們站在旁邊看他。他一動也不動，忽然驚聞有人用隆巴爾地土音的義大利話問他：「怎麼了？」聽到這聲音，他不覺驚跳起來。

原來這人就是那個好心的隆巴爾地老人。

他不等老人詢問就急忙把所有經過都告訴老人。

「我已沒有錢了，請替我找一分可以賺錢的工作，搬垃圾、掃街道，什麼都可以。我只要有麵包吃就好，只要賺得到路費能夠繼續去找母親就好。」

老人看了看四周，搔著頭。

「這可難了！工作不是那麼容易找的。想想其他辦法吧。」

馬可因這希望之光，心中安慰不少，抬頭看著老人。

「隨我來！」老人說著，於是馬可提起行李跟著。他們默默的在長長的街上走著，到了一間旅館前，老人停下腳步。大大的招牌寫著「義大利之星」，老人向內張望了一會兒，回頭來對著馬可高興的說：「好在。」

進了一個大房間，許多人在飲酒。隆巴爾地老人走近一張桌前，照那些客人談話的樣子看來，似乎沒多久前，老人曾在這裡和他們同桌過。他們都紅著臉，在一堆杯盤狼藉中談笑。

隆巴爾地老人不假思索的立刻把馬可介紹給他們認識。

只見六人一起拍桌說道：「是我們的同胞哩！孩子！到這裡來！我們都是在這裡做工的。多可愛的孩子啊！喂！有錢大家拿出來！真了不起！一個人來的！好大膽！喝一杯吧！放心！我們會送你到你母親那裡去，不要擔憂！」

有一人說著就摸起馬可的頭來，有一人拍他的肩，另外一人替他取下行李。隆巴爾地那位老人拿了帽子巡了一遍，不到十分鐘，就已收得八元四角的錢。

老人對著馬可說：「你看！到了南美洲，什麼都容易哩！」

另外有一個客人舉起杯遞給馬可說：「喝了這杯，祝你母親健康。」

「祝我母親健……」馬可心裡快活得說不全話，就把杯子放在桌上跑去抱住老人。

第二天，馬可即向可特准出發。胸中充滿了歡喜，臉上也生出了光采。可是南美洲的平原，到處都是荒野，毫無悅人的景色，天氣又悶熱得很。

火車在空曠而無人影的原野中行駛，長長的車廂中只載著一個人，就像是救護車。左看右看，都是無邊的荒野，只有枝幹彎曲得可笑的樹木到處散立著。一種曖昧的淒涼光景，使人竟像在荒廢多時的墓地草叢裡行走一般。

睡了半小時，再看看四周，景物仍是一樣。中途的車站人影稀少，車雖停在那裡，卻沒聽到人的聲音。自己是不是在火車中被人拋棄了呢？

每到一個車站，馬可就覺得好像人間已到此為止，再下去就是怪異的蠻荒之地了。寒風拂過臉上，四月末從熱那亞出發的時候，何曾料到在南美洲會遭逢到冬天呢？馬可還穿著夏天的衣服呢。

一段時間過後，馬可實在冷得受不了了。不但冷，而且幾天下來的疲勞也全都湧現了出來，使他矇矇矓矓的睡去。睡了很久，醒來時覺得渾身都快要凍僵了。莫名的恐怖無端襲來，自己該不會就這樣病死在旅途中吧？自己的身體不會就這樣棄於荒野被當作鳥獸的糧食吧？以前曾在路旁見到野狗撕食牛馬的屍體，他不禁捂起了臉。現在自己該不是要和那些東西一樣了吧？他在黑暗而寂寞的原野中，被這樣的憂慮糾纏著。

到了可特准就可以見到母親了，真的嗎？如果母親不在可特准，那又怎麼辦？如果是那個亞爾特斯的白鬍鬚先生聽錯了，怎麼辦？如果母親已經死了，那又怎麼辦？馬可就在這樣的空想中又睡去了。

夢中的自己到了可特准，當時是在晚上，每一家門口、窗口，似乎都傳出「你母親不在這裡！」的回答聲。驚醒過來，乍見車中對面有三個留有鬍鬚的人正注視著他在低聲說著什麼。強盜！他們要殺人劫財嗎？飢寒夜迫加上恐怖的想像……三人仍然盯著他看，其中一個竟然還走近他。他幾乎要崩潰了，張開兩手奔到那人面前叫道：

「我沒有什麼行李，我只是個窮孩子！」

三個旅客起了憐憫之心，不斷對他說一些安慰的話，可是他都聽不懂。他們見馬可冷得牙齒發抖，於是拿毛毯給他蓋，叫他坐下安心睡一下。這三個旅客叫醒他時，火車已到了可特准。

他深深的吸了一口氣，飛跑下車。向鐵路局職員問美貴奈治技師的住址。職員告訴他一個教會的地址，說技師就住在教會的附近。

天色已暗，走在街上好像又回到了洛賽琉，這裡也是交叉縱橫的街道，兩側也都是白而低的房子，行人極少，忽看到一棟異樣建築的教會，高高的聳立在夜空之中。

整條市街雖然寂寞昏暗，但對一個由荒野乍然來到這裡的人而言，仍屬熱鬧。遇見一個僧侶，馬可問了路，急忙忙的找到了教會，他用發著抖的手按鈴，一手按住那幾乎要跳到喉間來的心臟。

一個老婦人開了門，馬可一時說不出話來。

「你找誰？」老婦人用西班牙語問。

「美貴奈治先生。」馬可回答。

老婦人搖搖頭。

「你也是找美貴奈治先生的嗎？真是討厭！這三個月來，我不知費了多少口舌。你不信？你去看看，街的轉角還貼著他已移居杜克曼的告示呢。」

馬可絕望的說：「我若再見不到母親，我就要死在路上了！妳說那叫什麼地名？什麼地方？從這裡去有多遠？」

老婦人憐憫的回答道：「什麼？至少四五百哩有吧！」

「我該怎麼辦呢？」馬可掩面哭著問。

老婦人欲言又止，忽然又像是想起什麼似的。

「哦！有了！我想到一個法子。你看怎樣？從這條街直走下去。第三間房子，那兒有一個商販，明天正好要用牛車載貨到杜克曼去。你去替他幫點什麼忙，求他帶你去好了，他應該會載你去的，快去！」

馬可提了行李，還沒有說完道謝的話，就走到了那塊空地，看到許多燈火。大批人馬正在把穀子裝入貨車，一個留著鬍子的人穿著外套及長靴在一旁指揮搬運。

馬可走近那人，恭恭敬敬的陳述自己的目的，並說明從義大利來找母親的經過。

那人把馬可從頭到腳打量了一會兒，冷淡的答：「沒有空位。」

「我在路上會幫忙工作，替你搬運牲口的飲料和芻草，麵包只要給我一些些就好了，請你帶我去，好不好？」

那人換了一種口氣對馬可說：「實在沒有空位。而且，我們也不是要到杜克曼去，是到萊斯德洛去的。你就是一起去了也要在中途下車，那可是要走許多路的哦。」

「啊！無論有多少路也不要緊，我願意走的。請你不要替我擔心，到了那裡，我自會設法到杜克曼去。請你發發慈悲留個空位給我，我懇求你，不要留我在這裡！」

「喂！車要走二十天耶！」

「不要緊。」

「很辛苦的哦！」

「無論多麼苦我都受得了。」

「將來要一個人獨自步行唷！」

「只要能找到母親，什麼苦我都願意忍受，請你答應我，好不好？」

那人移過燈來把馬可的相貌又照了一會兒，「好吧，你今夜就睡在貨車裡，明天四點鐘就要起來唷。」他說完就走了。

隔天清晨四點鐘，長長的載貨列車在星光中嘈雜的啟動了。每輛車用六頭牛拖，最後的一輛車裡裝著許多替換的牛。

馬可被叫醒以後，坐在一車的穀袋上面。不久，他又睡著了，等再醒來時車已停在一個荒涼的地方，大家正在烤小牛蹄，吃飽後睡了一會兒，再度出發。

這樣一天一天的繼續行進，規律得好像在行軍。每天早晨五點啟程，晚上十點休息。大家在後面騎著馬拿著長鞭驅牛前進，馬可幫他們起火，餵草給牲口吃，或是擦油燈、汲飲用的水。

大家對待馬可的態度變得粗暴，故意逼他搬他拿不動的芻草，去較遠的地方汲水，把他當奴隸一樣對待。他每天都疲累得晚上也睡不著，身體隨車子的搖動旋轉，車輪聲轟得耳朵發聾。風把帶有油氣的紅土捲入車內，撲到嘴裡、眼裡，使得眼睛不能張開，呼吸也困難，真是苦不堪言。

由於疲勞與睡眠不足，使他身體虛弱得像棉花一樣，滿身都是塵土，早晚還要受責罵或是被毆打，他的勇氣一天一天的消失。如果沒有那個商人頭子時時親切的慰藉，或許他早就沒氣力了。

他躲在車裡不讓人知道他用行李掩面哭泣，所謂行李其實只是包著敗絮的布包。每天起來，總是覺得身體比前一天更糟，舉目四望，那無垠的原野，就好像土做成的海洋一樣。勞役漸漸增加，虐待他的工人也變本加厲，有一天早晨，商販不在，一個工人怪他汲水太慢而打他。

他終於生了大病。連發三天燒，胡亂拉些什麼當作被蓋，臥在車裡。除了商人頭子有時會遞湯水給他，或是替他把脈外，沒人會去看顧他。他以為自己快要死了，反覆的叫著媽媽。

不久，他的病漸漸好轉，可是病才好，這旅行中最難過的日子也到了，那就是該他要下車獨自步行的時候了。

旅途中唯有一件事，使他的心稍稍感到安慰，那就是在寬闊無邊的荒野走了幾天，他看見了遠方青色的山峰，山頂和阿爾卑斯山一樣積滿了白雪。一時之間，他好像看到了自己的故鄉義大利。

第一天，馬可盡力奔行，夜宿於樹下。第二天，力氣已用盡，靴子破了，腳又痛，加上消化不良，胃也跟著發痛起來。看看天已將晚，不禁覺得恐怖起來，在義大利時，曾經聽人家說這地方有毒蛇，於是真的好像聽到有蛇行的聲音。聽到這聲音，他才剛停下的腳又馬上向前奔跑了起來。

為了要消除恐懼，他把母親的事從頭一一回憶起：母親在熱那亞臨別的叮嚀，母親抱著他的情形。他不禁喃喃自語的說：「媽！我還能和您見面嗎？」於是一邊想，一邊在那森林、廣袤的大地、無垠的原野奔跑著。前面的青山依舊高高的聳在雲際，一星期過了，他越來越不行了，腳底竟流起血來了。

馬可終於筋疲力盡的倒在水溝邊。雖然這樣，他的胸中卻跳躍著一種滿足的喜悅。燦然散在天空的星辰，這時分外的美麗。他仰臥在草地上想像，親愛的母親正在俯視著他。

「啊！媽！您在哪裡？現在在做什麼？您也在念著我嗎？」

話說他母親現在正病著，美貴奈治一家對她很友善，曾盡了心力替她調養。當美貴奈治技師要離開布宜諾斯艾利斯的時候，其實她已有病在身了。可特准的好空氣對她也沒有功效，加上家裡的消息全無，她的病也就因此更形加重，如果要挽回生命，就非得接受外科手術不可了。馬可倒在路旁呼叫母親的時候，那邊主人正在她病床前勸她接受醫生的手術。

「主人！不要再替我操心了！生命已沒有什麼意義了，橫豎命該如此，在我沒聽到家裡訊息以前，死了也好。」

主人夫婦又安慰她，再三勸她不要說這樣的話。她疲倦至極，閉眼昏睡，主人夫婦從微弱的燭光中注視著這勤奮的婦人，憐憫不已。

隔天早上，馬可蹣跚的走入杜克曼市，又感覺回到了可特准、洛賽琉、布宜諾斯艾利斯一樣，依舊都是長而且直的街道，低而白色的房屋。奇異高大的植物、芳香的空氣，綺麗的光線、澄碧的天空，到處都是義大利所沒有的景物。

進了街市，那在布宜諾斯艾利斯曾經經歷過的瘋狂念頭再度浮現。每過一家，總要向門口張望，以為可以見到母親。碰到路上任何的女人總要仰視一會兒，以為或者就是母親。想要詢問別人，可是沒有勇氣。在門口站著的人們，都驚異的看著這衣衫襤褸、滿身塵垢的少年，他想在其中找尋一個親切的人發問。走著走著，忽然看見有一家旅店，招牌上寫著義大利人的姓名。裡面有個戴眼鏡的男人和兩個女人。馬可徐徐的走近門口，振作起所有的勇氣問：「美貴奈治先生的家在什麼地方？」

「是做技師的美貴奈治先生嗎？」旅店主人反問。

「是的。」馬可答時，聲細如絲。

「美貴奈治技師不住在杜克曼哩。」主人答。

這個打擊太大了。

「怎麼了？」主人扶住馬可到店裡叫他坐下。

「也用不著失望，他家雖不在這裡，但離這不遠，只要花五、六個小時就可以到了。」

「什麼地方？在什麼地方？」馬可像甦醒似的跳起來問。

「從這裡沿河走過去，那裡有個大糖廠，還有幾家住宅。美貴奈治先生就住在那裡。」

馬可似哭似笑的抽泣著，既而表現出激烈的決心。

「要怎麼走呢？快教我！」

「但是，差不多有一天路程呢，你不是已經很疲倦了嗎？」

「我不能再等待了！就算倒在路上我也要馬上出發！」

他們見馬可決心堅定，也就不再勸阻了。

就在那個夜晚，他的母親因為患處的劇痛而使她哭叫連連，時時陷入人事不省的狀態。大家都焦慮不已，她現在即使願意接受手術，但醫生也要明天才能來，已來不及救治她了。

她略微安靜的時候，心情就非常苦悶，而這並非身體上的苦痛，而是她因懸念在遠處的家人所引起的。只見她骨瘦如柴，一個人披頭散髮發瘋似的狂叫——

「我可憐的孩子啊！馬可還那麼小哩！主人！我出來的時候，他抱住我的脖子不肯放，哭得好厲害呢！原來他已經知道此後再也見不到自己的母親了，所以哭得那樣傷心！」

在床前的婦人們，抓著病人的手安慰她，使她的心平靜許多，又對她講上帝及來世的話。病人聽了再度揚聲嚎哭。

「啊！我的熱那亞！我的家！那個海！啊！我的馬可現在不知在什麼地方！我可憐的馬可啊！」

夜半時分，她那可憐的馬可沿河走了幾個小時，早已筋疲力盡了，此刻正在大樹林中蹣跚的走著。

馬可有時雖陷入昏迷，但心中一直掛念著母親。他獨自在廣大的森林中躑躅，有時見到散在大樹下好像是蟻塚的東西，又有時見到野牛臥在路旁，他便連疲勞也忘了，寂寞也不覺得了，只要想到母親就在不遠處，就自然而然的生出如大人般的氣魄。

回憶先前所經過的大海，所受過的苦難，以及自己對於此時所發揮的堅毅精神，他的眉毛也高揚了起來。他難得這樣清楚的看見母親的臉孔，好像母親真的在他面前微笑，馬可因此精神一振，腳步也加快，胸中充滿了歡喜，熱淚不覺流下。在黯淡的路上一邊走著，一邊和母親談話。

「我已到了這裡了，媽，以後我們永不再分離了。以後無論遇到什麼事，我再也不和媽分離了。」

早晨八點鐘，醫生從杜克曼帶了助手來，站在病人床前做最後的勸告。

「手術成功的機率還是有的。但如果不動手術，便百分之百沒救了。」

「不！我已預備死了，沒有必要受無謂的痛苦。請讓我平平靜靜的死吧。」

於是，醫生也放棄了，誰也都不再開口了。

她面向著那婦人，用了極細的聲音囑託後事。

「夫人，請將這些錢和我的行李交給領事館轉送回國去。如果一家都還平安活著就好了。請替我寫封信跟他們說，我一直都念著他們……說我不能和他們再見一面，我深深引以為憾……替我把馬可託付給我丈夫和他哥哥……說我到了臨終還不放心馬可……」話猶未完，突然一股氣衝上來，哭泣不已。

「啊！我的馬可！我的馬可！我的寶貝！我再也看不到你了……」

等她含著淚看著四周，婦人已不在那裡了。

有人在和那婦人竊竊私語。她到處都找不到主人的影子。只有兩個看護和助手在床前。鄰室裡聽到急亂的腳步聲和嘈雜的人聲，馬可的母親注視著門口，以為發生了什麼事。

過了一會兒，醫生變了一張臉進來，後面跟著的太太也是面帶驚色。大家都用一種怪異的眼光看著她，嘀嘀咕咕的互相私語。她恍惚聽見醫生對婦人說：

「還是快些說吧！」不知道是為了什麼。

太太看著她，聲音顫抖的說：「有一個好消息要說給妳聽！」

她熱切的看著太太。

「是妳非常盼望的一件事！」

病人睜大了眼。

「我要讓妳看一個人——是妳最愛的一個人！」

病人拚命的抬起頭來，眼神炯炯的向太太看了一看，又去看那門口。

「誰？」病人因驚慌而呼吸急促，忽然發出了尖銳的叫聲，跳起坐在床上，兩手捧住了頭，好像見到什麼怪物似的。

這時，那衣服襤褸、滿身塵垢的馬可出現在門口。

馬可奔向前，病人張開枯瘦的兩臂，一把將馬可緊抱在胸前。她喜極而泣，上氣不接下氣的倒在枕上。

然而她隨即恢復了意識，狂喜不絕的在兒子頭上吻著叫說：「你怎麼到這裡的？天啊？這真是你嗎？啊，你長大了！是誰帶你來的？你一個人嗎？噢，是馬可嗎？但願我不是在做夢！啊！上帝！感謝祢！」

忽然——

「快！快！快！醫生！現在！立刻！我想要開刀，越快越好。幫我把馬可帶到別處去，我不要讓他看見。馬可，以後再讓你知道。來！再親媽媽一下，就到那裡去。醫生！快！」

馬可被帶出去了，屋中只留下醫生和助手二人，門也立刻關上了。

美貴奈治先生想拉馬可到遠一點的地方去，可是他不肯。馬可呆坐在石階上不動。

「為什麼?我媽怎麼了?」他問。

美貴奈治先生仍想支開他，靜靜的和他說：「你聽著!我告訴你。你母親病了，要接受手術。快到這邊來，我仔細說給你聽。」

「不!」馬可抵抗著。「我一定要在這裡，請在這裡告訴我。」

於是美貴奈治先生靜靜的和他說明經過。只見馬可整個人都嚇呆了。

這時，駭人的尖叫聲震動了整個房子。

「媽——」

這時醫生從門口探出頭來，「你母親有救了!」

馬可注視了醫師一會兒，隨即投身到他腳邊，啜泣的說：「謝謝你!醫生!——」

醫生攙扶起他說：「起來!你是個勇敢的孩子!你母親之所以得救，也是因為你啊!」

夏的種種

這學年只剩下六月分的每月故事和兩次考試，上課二十六天加上四個星期六和五個星期日了。

學年將結束時，照例有和風徐徐的吹拂著，庭前的樹長滿了花和葉，餘蔭覆在校園裡的運動器材上。同學們都改穿了夏季服裝，垂在肩上的髮已剪得短短的，腳部和頸部白皙的皮膚露了出來，各式各樣的帽子上都飄垂著絲帶，各色的襯衣和領結上，綴有花花綠綠的東西。

這些美麗的裝飾，都是做媽媽的替她們的兒子點綴裝飾上去的，即使是貧窮人家的媽媽，也會把自己的小孩打扮得像個樣子。也有許多學生不戴帽子到學校裡來，活像個從農家逃出來的小孩似的，在黛兒卡蒂老師那年級的學生中，有一個從頭到腳穿得紅紅的，像個烤熟的螃蟹似的同學，其他還有許多穿著水兵服的同學。

最有趣的是「小石匠」，他戴著大大的麥稈帽，樣子好像在半截蠟燭上加了一個笠罩，再在帽子下面露出一張兔臉，真是笑死人了！

柯禮提把那貓皮帽改換成旅行帽，華提尼穿著有許多裝飾的怪異蘇格蘭服，克勒西袒著胸，潘克錫被包在青色的鐵匠服中。

至於卡洛斐，他因為脫去了攜帶所有東西的外套，現在改用衣袋貯藏一切了，他衣袋所藏的東西，從外面都可以看見。有用半張報紙做成的扇子，有打鳥的彈弓，有各式各樣的草，而金龜子從回袋裡爬出來，正好點綴在他的上衣上。

女老師們也穿上了美麗的夏裝，只有那個「尼姑」老師仍然是一身黑色裝束。戴紅色羽毛帽的老師，頸上結著紅色的絲帶。她的學生要去拉她那漂亮的絲帶時，她總是笑著連連閃躲。

這是一個生產櫻桃、蝴蝶飛舞、街上又有樂隊遊行，和可以去野外散步的季節。

高年級的同學，都到濮河裡去游泳，大家都在等待暑假的到來，每天到學校的時光，真是一天比一天還高興。只有看到穿著喪服的甘倫，我才會不知不覺傷感起來。

另外，使我難過的，就是那位在二年級時教我的女老師，她日漸消瘦，咳嗽加重，走路時整個身體向前彎曲，在路上相遇時，她那種打招呼的樣子真讓人覺得難過極了。

像詩一般

安利柯：

你似乎也已能體會校園生活有種詩的情味了。

但你所見的還只是學校的一部分。再過二十年，到你帶著自己的兒子到學校去的時候，學校將比你現在所見的到的更美，更像一首詩。

到那時，你就好像現在的我，你就能用另一種觀點見到學校的全貌了。

平常我在等你下課的時候，常到學校的四周去散步，側著耳朵聽校內的所有動靜，很有趣的。

我曾在一個窗口聽到女老師說：「有這樣的T字嗎？你爸爸看不懂該怎麼辦？」

另一個窗口則傳來一位男老師粗大的聲音說：「現在買五十尺的布，每尺需要錢三角，再將它賣出——」

後來，又聽到那戴紅羽帽的女老師大聲的在讀著課本：「於是彌卡把那點著火的火藥線……」隔壁的教室裡傳出像有無數小鳥在吱吱喳喳的聲音，大概又是老師有事不在了吧。再轉過牆角，看見一個學生正在哭泣著，還聽到一位女老師在罵他又在哄他的說話聲音。從樓上窗口傳出來的，是講韻文的聲調，偉人的名氏，以及闡揚道德、愛國、勇氣的聲音。

過了一會兒，一切都安靜了下來，靜得像這大房子中沒有半個人一樣，很難相信裡面正有七百多個小朋友。忽然，因為老師的一句笑話，不約而同的笑聲就同時爆了開來。路上的行人，紛紛用同樣的眼神，對著這裡頭有一大群前途無量的年輕小孩的屋子看去。

再下一刻，闔上書本和走路的聲響紛紛從這間傳到那間，從樓上延續到樓下，是校工通知下課了。一聽到這聲音，在外面的家長便從四面八方向學校門口湧去，等待自己的孩子出來。只見小孩們從教室門口魚貫的向大門湧出，有的拿帽子，有的取外套，大家追鬧著大聲喧譁。校工催他們一個一個的走出去，然後才排著長長的行列，齊步走出校門口。

在外面等候的家長各自探問：「做好了嗎？問題出了幾題？明天要預備的功課有多少？月考在哪天？」連不識字的媽媽，也翻開了筆記簿看，然後問道：「只有八分嗎？」

或是擔心，或是歡喜，或是詢問老師，或是談論前途與考試的事。

學校的影響所及，是如此的美滿，如此無限啊！

安利柯，那些充滿韻律感和生命力的畫面，你說，像不像一首詩？

——爸爸

聾啞

今天早上我們去參觀聾啞學校，替五月畫下了一個美好的句點。

一早門鈴響起，大家跑出去看是誰。

爸爸驚訝的問：「啊！這不是喬趙嗎？」

當我們家還在智利時，喬趙曾在我們家做過園丁，他現在在孔特甫，去希臘做了鐵路工人三年，昨天才回國，在熱那亞上岸的。

他帶著一個大包裹，臉上仍是紅通通的帶著微笑。

爸爸叫他進屋裡來，他辭謝不入，只是擔心的問：「家裡不知怎樣了？奇奇怎樣？」

「她好像還不錯哦！」媽媽說。

喬趙嘆息著：「啊！真是難得！在沒有聽到妳這話以前，我實在沒有勇氣到聾啞學校去一趟。我能不能將這包裹暫時寄放在這裡？我想先去領她回來。我已經有三年沒見到她了！」

爸爸對我說：「小安，你跟他去吧！」

「對不起！我還有一句話要問……」園丁說時，爸爸打斷他的話問：「那裡生意怎麼樣？」

「很好。託您的福！總算賺了些錢回來。我要問的就是奇奇。不知她受教育的情形怎樣？我出國的時候她好可憐，像個動物一樣！我不很信任那種學校，更不知她學會了符號沒？老婆曾寫信告訴我，說她手語進步了很多，但是我心想，那孩子就算學會了這些又有什麼用處呢？如果我自己不懂得那符號，又要怎樣才能彼此了解呢！啞巴有天自己能夠表達，實在已經是天大的事了。」

「我現在不和你說什麼，你到了那裡自然會知道的。趕快去吧。」爸爸微笑的答說。

聾啞學校離我家不遠，園丁邊走邊悲傷的說：「啊，我的奇奇真可憐！生來就聾了，真不知是前輩子造了什麼孽！我從不曾聽到她叫過我一聲爸爸，我喚她女兒她也不懂，打從她出生後，就從未開過口，也從未聽到任何聲音呢！能夠碰到慈善的人士代支費用，讓她進入聾啞學校，真是天大的達運了。那年她進去時才八歲，現在算算也有十一歲了，三年都沒回家過，真不知她究竟變了多少？在那裡好嗎？」

「馬上就會知道了。」我說。

「不曉得聾啞學校在哪裡？當時是我老婆送她進去的，那時我已不在國內，大概就在這一帶吧。」

這時，我們已來到了聾啞學校，一進門就有人來接應。

「我是奇奇的爸爸，我想見見我女兒。」園丁說。

「我這就去通告。」

園丁默然的環視著四周的牆壁。

門開了，一個穿著黑衣的女老師帶了一個女孩走出來。父女二人對看了一會兒，隨即彼此相互緊緊將對方抱住。

小女孩穿著白底紅條的衣服和暗灰色的圍裙，身材比我略高一些，兩手環抱住她爸爸痛哭著。

她爸爸把女兒自頭到腳仔細打量了一會兒，然後呼吸急促的大聲說：

「天啊！女兒，妳長大了，也變漂亮了！啊！我可憐的奇奇！我不會說話的孩子！您就是這孩子的老師嗎？請您叫她比些什麼手語給我看，我也許可以知道一些她要說的話，從今以後，我也要用點功學點手語。請叫她做些什麼手勢給我看看吧。」

老師微笑著低聲向那女孩說：「這位來看你的人是誰？」

女孩微笑著，像那初學義大利話的野蠻人一樣，用了粗糙奇妙且不和諧的聲音回答：

「他是我父親。」

園丁大驚，倒退了驚叫：「妳會說話了！會說話了！妳，完全好了嗎？聽得見別人說話了嗎？再說些什麼看看！」說著說著，又把女兒抱個滿懷，且在她額頭上吻了三遍。

「老師，怎麼，不是要用手語的嗎？這究竟是怎麼一回事？」

「不！奇奇不需用手語的。這裡所教的是新式口語法，也許你還不知道吧？」老師說。

園丁驚訝得全呆了。

「我完全不知道有這方法，我在外國三年，家裡雖然有寫信告訴我一些情況，但我全不知道這是怎麼一回事。我真是有夠呆蠢的。啊！女兒！妳懂我的意思囉？聽得到我的聲音嗎？快回答我，妳聽到了嗎？我的聲音妳聽到了嗎？」

「不，這位先生，你錯了。她不能聽到你的聲音，因為她是聾的，她能懂話，是因為看了你的嘴唇在動的樣子才領悟到的，可是她卻不能聽見你的聲音和她自己的聲音，她之所以能講話，乃是我們一個字一個字的把嘴型的樣子教給她認識，她才因此會發出聲音的。」

園丁聽了仍似懂非懂，只是張著嘴，不知所以然。然後，他把嘴附在女兒的耳畔。

「奇奇，父親回來了，妳高興嗎？」說完就抬起頭來，等候女兒的回答。

女兒默然的注視著自己的爸爸，什麼都沒說。弄得爸爸一頭霧水。

老師笑了說：「奇奇這孩子沒有回答，是因為沒有看見你的嘴唇。因為你把嘴附在她的耳朵說話。來，請站在她的面前，再試一遍看看。」

父親於是對著女兒的臉再說道：「爸爸回來了，妳高興嗎？以後我不再離開你們了。」

女兒專心注視著父親的嘴，隨著清晰明白的答說：

「呃！你回——來了，以後不再——遠行，我很——高——興。」

做爸爸的興奮得急著擁抱女兒，又覺似夢若真，馬上只為確定而問她：「妳母親叫什麼名字？」

「安——東——尼雅。」

「妹妹呢？」

「亞黛——莉——德。」

「這學校叫什麼？」

「聾——啞——學——校。」

「十的兩倍是多少？」

「二——十。」

爸爸聽了喜極而泣，顧不得周遭還有人在就邊哭邊笑。

老師說：「怎麼了？這是應該高興的事情，有什麼好哭的，你不怕你女兒待會兒也哭了嗎？」

園丁握住老師的手，連吻了兩、三次，「謝謝老師，謝謝老師，請原諒我！我真的不知該如何表達我由衷的謝意。」

「且慢，你女兒不但會說話，還能寫、能算，歷史、地理也懂得一些，再過三年，她的知識一定會更豐富。畢業後，可以學以致用，這裡的畢業生中，還有人當了店員，和普通人同樣的正常生活呢。」

園丁再度迷惘了，這時看到女兒搔著頭，她的神情似乎在要求什麼。

老師向在旁的助理說：「去叫一個預科的學生來！」

助理去了一會兒，帶了一個才入學不久的九歲聾啞學生出來，老師說：「這孩子才剛學初級課程，我們是這樣教的，我現在叫她發A的音，你仔細看！」

於是老師張開了嘴巴，做出了母音A的狀態，做出來給那孩子看，因有記號，叫孩子也做同樣的嘴形。

然後再用記號叫她發音。那孩子發出聲音來，不是A，變成O。

「不是！」老師拿起孩子的兩手，叫她用一手擋在老師的喉部，一手擋在胸前，反覆的發出A的音。

孩子由手指了解了老師的喉與胸的運動，重新開口，這次完全正確發出了A的音。

老師又叫孩子用手擋住自己的喉與胸，教授C與D的發音。再面向園丁說：「怎樣？你明白了吧？」

園丁雖已明白許多，可是卻似乎比未明白時更加驚訝了。

「這麼說，你們是這樣一步一步的把說話的技巧教給他們的嗎？」他注視著老師，「這許多孩子都是費了很多的時間才教育成目前的樣子嗎？啊！你們真是聖人，真是天使！在這世界上，恐怕再也沒有可以報答你們的東西了！啊！我應該怎樣說才好呢？請讓我和女兒獨處一下，五分鐘也好，把她暫時借給我！」

於是園丁帶著女兒離開座位，問了她種種事情，女兒都一一回答了。做爸爸用手拍膝，忍不住瞇著眼笑。又拉著女兒的手仔細打量，女兒說話的聲音，聽得他入迷極了，真是此樂只應天上有，人間難得幾回聞。

過了一會兒，他向老師說：「可以讓我見見校長，當面道謝嗎？」

「校長不在這裡。你要道謝的人應該還有一個。學校中，凡是幼小的孩子，都是由較年長的學姊像母親或姊姊一般照顧著她們的。照顧你女兒的是一個年紀十七歲的女孩，她對你女兒那才真是親愛得沒話說呢。這兩年來，每天早晨她都會為她穿衣梳髮，教她針線，她們真像一對好姊妹──奇奇，她的名字叫什麼？」

「卡──德──莉娜．喬爾──達諾。」女兒微笑著說，又對著爸爸說：「她是一個很──好的人啊。」

這時走出一個神情決活、身體健康的啞女來。她穿著紅條紋的衣服和暗灰色的圍裙，到了門口，紅著臉站在那兒，繼而微笑著把頭低下。外貌雖已像大人樣了，卻仍有些孩子氣。

園丁的女兒站起，去牽她的手來到自己爸爸的面前說：「卡──德──莉娜．喬爾──達諾。」

「好一位漂亮的姑娘！」做爸爸的正想伸手去摸摸她，隨即又把手縮了回來，反覆的說：「呀！真是一位好姑娘，願上帝祝福妳，把幸福降臨在妳身上，使妳和妳的家人都常在幸福之中！真是好姑娘啊！」

只見那大女孩仍微笑著撫摸著園丁的女兒，園丁在旁只是靜靜的看著她們。

「你可以帶你女兒外出一天。」老師說。

「那麼我帶她回孔特甫去，明天就送她回來。」園丁說。

女孩跑去換衣服了；園丁反覆的說：「三年不見，她已經能說話了。就帶她回孔特甫去吧。嗯，還是帶她回丘林散散步，先給大家看看吧。啊！今天天氣真好！啊，真難得！」

女兒穿著小外套，戴了帽子出來，拉了爸爸的手一起來到門口。

「各位，真的非常感謝！改日我會再來道謝的！」忽然念頭一轉，他又回過頭來，放開了女兒的手，探進口袋，頓悟似的大聲說：「且慢，這裡有十塊錢，我就把它捐給學校吧。」說著，就把錢抓出來放在桌上。

老師感動的說：「請把錢全數收回去吧，我是不會接受的。請收回去！因為我不是學校的主人。請改天再當面交給校長吧。不過，大概校長也不會接受的，這是你辛苦工作得來的錢呢！我們心領了，謝謝你。」

「不！一定要收下。那麼——」話還沒說完，老師已把錢強行放在他的衣袋裡了。園丁沒有辦法，只好飛吻給那老師和那個大女孩，然後拉著女兒的手，急忙忙出門而去。

女兒用了一種冬眠乍醒的聲音叫說：

「啊！太——陽啊！」

第九卷　六月

偉人

（明天是國慶日）

今天是國喪日，葛瑞勃爾地將軍昨夜逝世了。我知道他是個曾將一千多萬義大利人從暴政下救出的偉大人物。

八歲時，他救過一個女孩的性命；十三歲時，和朋友共乘小艇遇難，把朋友平安救起；二十七歲時，在馬賽救起一個快溺斃的青年；四十一歲時，在海上救助過一艘遭火災的船。

為了爭取隆巴爾地和杜倫弟諾的獨立自由，曾與奧地利軍交戰過三次。一八四九年固守羅馬以抵抗法國的攻擊，一八六〇年解救那不勒斯和帕瑪，一八六七年又為羅馬而戰。

剛毅勇敢的他，四十次的戰役中，他就贏得了三十七回合勝利。

平時他以勞動自力更生，隱耕孤島，做過教師、海員、勞動者、商人、士兵、將軍及執政官。是個質樸而善良的人。

他痛惡一切壓迫，而且愛護人民，保護弱者，是個以行善事為唯一志業，不慕榮華，不計生死，熱愛義大利的人。

老師說，當年他振臂一呼，各地勇敢的人士，就立刻聚集到他面前，有錢人拋棄了他們的房子，海員丟棄了他們的船舶，年輕人放棄了他們的學業，大家都追隨他光榮的作戰去了。

如今將軍死了，我想，全世界都會同聲哀悼的。爸爸說義大利的眉，將因他的名而揚，義大利人的膽，將因他的名而壯，我想等我再長大些，也許就更能懂了。

閱兵

（因葛瑞勃爾地將軍之喪，國慶日延遲一週）

今天到卡斯德羅去看閱兵式。司令官率領著部隊，在區分成兩列的觀眾中間通過，喇叭號角和樂隊的樂曲合奏著。在軍隊進行的途中，爸爸把隊員和軍旗一一指示給我看。

最早到的是砲兵工校的學生，人數約有三百，一律穿著黑色制服，踢著正步經過。其次是步兵，有在哥伊托和桑馬底諾戰爭過的奧斯泰軍團，還有在卡斯德爾費達度作戰過的勃卡漠軍團，共有四聯隊。他們一隊隊前進，無數的紅絲帶在風中飄動，好像綻放的花朵一般。

步兵之後就是工兵，帽子上裝飾有黑色的馬尾，點綴著紅色的絲邊。工兵後面是數百個肩負保衛義大利責任的士兵，高大健壯，都戴著格拉勃利亞的帽子。那鮮碧的帽沿，象徵著故山的草色，看來還真不賴呢。

士兵還沒有走完，群眾就開始鼓譟起來，原來接著的是射擊兵，也就是那因最先進入羅馬城而出名的十二大隊。他們帽上的裝飾被風吹拂著，全體像黑色波浪般通過，他們所吹的號角聲，更是尖銳得震撼人心。可惜，不久那聲音就被粗低的噪音蓋去，原來是野戰砲兵要經過了。他們坐在彈藥箱上，被六百匹駿馬拉著前進，士兵們身上佩戴著黃帶，長長的大砲閃著鋼鐵的光芒。砲車車輪在地上滾著作響。

山岳砲兵肅然的接在那壯大的士兵和所拉牽著的強力騾馬後面出場，所到之處無不令人眼睛為之一亮。最後是熱那亞騎兵聯隊，甲冑上映耀著陽光，他們扛著槍，旌旗飄揚，雄赳赳，氣昂昂，好不威風。

「啊！好好看哦！」我叫著。

一旁的爸爸卻鄭重的告訴我說：「不要把軍隊當作玩具看！這些充滿力量與希望的青年，為了國家，一旦被徵召，隨時就要在國旗之下飲彈而死。以後，每當你聽到像今天這樣的『義大利萬歲！』的喝采時，一定要想到，在這雄壯威風後面的，就是屍山血河的景象！因此，對於軍隊的敬意，自然而然會從你胸中湧出，而對國家的莊嚴也能實實在在的感覺到了！」

我頓時覺得眼前的閱兵，不再是好玩的事，而是正氣凜然的化身。

國慶日

我特地在日記裡寫下一些特別的話，因為今天是國慶日。

義大利啊，這個我所愛的國土！我的祖先曾生在這裡、葬在這裡，我也願生在這裡、死在這裡，將來，我的子孫也一定要在這裡生長、在這裡死亡。義大利啊義大利，為了你，無數的勇士在沙場上戰死，斷頭臺上犧牲。我能生在你的懷裡，做你的子民，真是值得驕傲。

我愛你那美麗的河和崇高的山，我愛你那神聖的古蹟和不朽的歷史，我愛你那歷史的光榮和國土的完美。我要以真純的熱愛、由衷的感謝，愛著你的全部——包括勇敢的丘林，華麗的熱那亞，知識開明的勃洛格那，神祕的威尼斯，偉大的米蘭，溫和的佛羅倫斯，威嚴的帕瑪，壯偉的那不勒斯，以及令人驚奇且永恆的羅馬。

我神聖的國家啊！我愛你！我立誓：我將自勉為勤快正直的市民，不斷修身養性，以期無愧於做你的子民，竭盡我棉薄的力量。我誓以我的知識、我的魄力及我的靈魂，永遠效忠於你。

炎炎酷暑

國慶日以後，溫度一下子升高了好幾度。時節已經到了仲夏，每個人都變得容易疲倦。春天時候美麗的薔薇臉色，現在都已完全消失，大家都消瘦了，腦袋抬不起，眼睛也昏眩了。可憐的那利，因耐不住炎暑，蠟樣的臉色越來越蒼白，只見他不時的在筆記簿上趴著打瞌睡。但是甘倫常常留心的照顧他，當那利睡著的時候，甘倫就會把課本翻開了豎在他前面，替他遮住老師的視線。

克勒西的紅頭髮則是整個靠在椅背上，恰像一個割下的人腦袋放在那裡一樣。諾琵斯抱怨著教室人多空氣不好。唉，上課還真是件苦差事！每次從窗口望見外頭清涼的樹蔭時，就想立刻飛跳出去。

放學回家，媽媽總是等候著我，細看我的臉色。我一看見媽媽，精神就會重新振奮起來。往往我在用功的時候，媽媽就會問：「有沒有不舒服的地方？不要太勉強喔！」

早晨六點叫醒我的時候，她也常說：「要好好的上課啊！再過幾天就要放假了，到時就可以到鄉下去了。」

媽媽還時常講在炎暑中做工的小孩們的情形給我聽。說有的小孩在田野或在如火燒的砂上工作，有的在玻璃工廠中終日對著火焰。他們早晨比我早起床，而且是沒有休假的，所以我一定要奮發向上不可。

說到奮發，仍是要提戴洛希一下的，他從不叫熱或想睡，無論什麼時候都一副活潑快樂的樣子，他和冬天的時候一樣，垂著長長的金髮，念書時絕不喊苦，即使只是坐在他附近，聽到他的聲音，都能令人振作起來。

此外，拚命用功的還有兩個人。一個是執著的施泰勒利，他怕自己會睡著，就敲打自己的腦袋，熱得真是令人昏倦的時候，他就會把牙齒咬緊，眼睛瞪著老大，那模樣活像要把老師吞下去似的。

還有一個就是卡洛斐，他專心的做著紙扇，把火柴盒上的花紙黏在扇上，一把扇要賣一塊銅板。

而這其中最令人佩服的要算柯禮提了。據說，他早上起床後要先幫父親運柴，到了學校，每到十一點時便忍不住要打起瞌睡來了，等醒過來時，常自己敲著頸背，或報告老師可否出去洗臉，或預先拜託坐在旁邊的同學搖醒他，可是他總是會又忍不住昏昏睡去。老師大聲叫「柯禮提！」時他也沒聽見，於是老師生起氣來，就「柯禮提，柯禮提！」一直的叫。住在柯禮提家隔壁的一個家裡賣炭的同學於是站起來說：「柯禮提今天早晨從五點鐘就開始搬柴搬到七點鐘。」

真相大白後，體貼的老師就讓柯禮提多睡一會兒，繼續上了半小時的課後，這才走到柯禮提座位旁，輕拍他的肩。

柯禮提睜開眼來，見老師竟站在面前，一下驚恐得不知該怎麼辦才好。只見老師兩手托住了他的頭，在他頭髮上親吻著說：「我不怪你。你會睡著不是因為你怠惰，而是由於太疲倦的關係，老師都知道了。」

我的爸爸

安利柯：

如果換做是柯禮提或甘倫，像你今天這樣頂撞爸爸的話，我相信他們絕不會說出口的，你為什麼要這樣呢？快答應媽媽，以後不會再有類似的情形發生了。因為爸爸責備你而你口不擇言說出失禮的辯駁時，你就應該馬上想到將來有那麼一天，爸爸叫你到床邊，和你說「安利柯！永別了！」時的情景。

安利柯，到了你再也見不到爸爸，走進爸爸的房間，看到他留下的書籍，回想爸爸生前，自己對不起爸爸的種種事情時，你一定會後悔不已，並說出「當時為什麼我會這樣？」的話。到了那時，你才會知道爸爸是愛你的，知道爸爸責備你時，他心裡也在哭泣著，知道父親之所以訓誡你，完全是因為愛你。那時候，你會含著悔恨的眼淚，在你爸爸的書桌上——為所有家人日以繼夜的在這伏案寫稿過的書桌——親吻不止。

親愛的孩子，爸爸除了慈愛的態度以外，其實他把一切不好的東西都隱藏了。你知道嗎？爸爸因為操勞過度，恐怕即將不久人世。而在這時候，他總是提起你，對你放心不下。他常提著燈走進你的房間，靜靜看著你的睡姿，然後再回到書房繼續工作。儘管世間憂患很多，爸爸能看見你活潑健康的樣子，也就把煩惱暫時忘了。

他就是靠想你疼你護著你的這分親情而求得安慰、恢復元氣的。所以，如果你對爸爸冷淡，你想，他的內心會有多悲傷啊。

就算是一個聖者，也不足以報答他父親撫養他時的辛勞。而且人生是不能預料的，旦夕禍福誰也拿不準。爸爸或許在你還很小的時候就不幸死了，也可能三年後，兩年後，或許明天就離開這世上了。

安利柯！如果爸爸死了，媽媽會悲傷的無法生活下去，家裡也將會非常寂寞空虛。快！快到爸爸那裡去！爸爸正在房裡工作著呢。靜靜走進去，求爸爸息怒，原諒你，快去啊，孩子。

——媽媽

鄉野遠足

爸爸這次又原諒了我，並且還答應我和同學一起去鄉下遠足。

我們早就想要呼吸那小山上的空氣了，昨天下午兩點，大家在約定的地方集合。戴洛希、甘倫、卡洛斐、潘克錫和柯禮提父子倆，連我總共七個人，大家準備了食物，帶著皮袋和錫製的杯子。甘倫在葫蘆裡裝滿了白葡萄酒，柯禮提則在爸爸的水瓶裡裝了紅葡萄酒，潘克錫穿著鐵匠的工作服，帶了一塊可口的大麵包。

我們搭公車到了美德萊，然後就是山路了，山上滿是綠色的樹蔭，非常涼爽。我們或是在草上翻滾，或是在小溪中洗臉，柯禮提的爸爸把上衣搭在肩上，銜著菸斗，遠遠的跟在我們後面。

潘克錫吹起口哨來，我從來沒聽過他的口哨聲，柯禮提也一面走一面吹著口哨，他硬是把別人的行李扛在身上，雖然全身不斷在流著汗，但他還是像山羊一樣走得很快。

戴洛希在路上不時停下來教我許多草類和蟲類的名稱，不知他為什麼能知道這麼多名堂？甘倫則默默的嚼著麵包，自從他媽媽去世以後，他所吃的東西，大概都已經不像以前那樣有滋味了，可是他待人的親切依然沒變。

當我們要跳過山溝去的時候，因為要做預備，所以得先退幾步，然後再跑上前去，甘倫自告奮勇第一個跳過去，然後伸手過來攙扶別人。潘克錫因為小時曾被牛牴觸過，所以一看見牛就害怕。甘倫在路上見有牛來，就走在潘克錫的前面。

我們上了小山，從山坡翻滾而下。怎知潘克錫竟不慎滾入荊棘中，衣服也被扯破了。他很難為情的站起身來，哈，那個卡洛斐倒是不論何時都會帶著針線的，不費吹灰之力就替他補好了破衣。潘克錫只是低頭說著：「不好意思，不好意思。」一等縫好，就立刻跑開了。

卡洛斐就算走在路上也不肯閒著，他有時會採摘可以做生菜的青草，有時會把蝸牛拾起來看。見有尖角的石塊，就撿起來放入口袋裡，以為那裡面或許是含有金銀的。我們無論在樹蔭下或在陽光中，總是跑著、滾著，後來都把衣服弄得縐縐的。大家喘著氣爬到了山頂，便在草地上坐著吃我們帶來的東西。

在我們的前方可望見覆蓋著白雪的阿爾卑斯山。這時我們的肚子早已餓得不像話了，麵包一到嘴裡就好像融化了似的，做人真好，有麵包可以吃。

柯禮提的爸爸分了香腸給我們，大家一面吃一面談著老師朋友和考試的事。

潘克錫怕難為情，什麼都不吃，甘倫就揀了些好的塞到他的嘴裡，柯禮提盤腳坐在他爸爸的身邊，兩人並坐在一起，與其說他們是父子，不如說他們是兄弟，相貌神似，都是紅著一張臉，露出白白牙齒在微笑。

柯禮提的爸爸痛快的喝著酒，也把我們喝剩的拿去，「酒對正在講書的孩子是有害的，但是對柴店的夥計卻是有必要的。」說著，捏住了兒子的鼻頭，向我們搖扭著。

「哥兒們，請你們要好好待這小傢伙啊。他也就要是大男生了！哇！我這樣自褒自讚，真是可笑，哈、哈、哈、哈！」

除了甘倫，大家都笑了。柯禮提的爸爸又喝了一杯。「慚愧啊。哪，現在雖然大家都是要好的朋友，但是再過幾年，安利柯與戴洛希成了法官或是博士，其餘的四個都到什麼商店或是工廠裡去，大家就要分開了！」

「哪裡的話！」戴洛希搶先回答：「對我來說，甘倫永遠是甘倫，潘克錫永遠是潘克錫，其餘的也都一樣。我即使做了皇帝也絕不會變的，你們所住的地方，我還是會來的。」

柯禮提的爸爸舉起酒杯，「難得！能這樣說真是再好不過了。來，大家把杯子舉起，讓我們來乾杯。祝學校萬歲！友誼萬歲！因為在學校裡，不論貧富，大家都像是一家人一樣。」

我們全舉起了酒杯相互乾杯，柯禮提的爸爸站起來把酒一飲而盡，「四十九聯隊第四大隊萬——歲！喂！你們將來如果當兵也要像我們一樣的出力啊！小朋友們！」

時間不早了，我們且跑且歌的攜手下來，傍晚時到了濮河，見到許多螢火蟲飛著。我們互相約定星期日再在這裡相會，一起去參夜校的授獎儀式，然後才互相道別。

今天真是美好的一天！我是說如果我沒遇到那可憐的老師，我想我回家時將不知有多麼快樂啊。

話說我回到家才步上樓梯沒幾步，就遇到女老師正要離去。她看見我，就捉著我的手附耳告訴我說：「安利柯！再會會！不要忘記我哦！」我發現老師說話時正在哭，於是就告訴媽媽：「我剛剛遇見女老師，她好像病得不輕呢。」

媽媽紅著眼睛，悲傷的注視著我說：「老師她好可憐——她的情況很不樂觀。」

勞工模範的授獎儀式

今天，我們大家一起到公立劇場去看勞工朋友的授獎儀式。

只見那兒擠滿了勞工朋友的家屬，音樂學校的男女生齊唱著進行曲，哇，真是唱得好，大家都起立拍手。隨後，領獎者走到市長面前，領受書籍、文憑和獎牌。

最早出場的是圖書科的夜校生，裡面有鐵匠、雕刻師、木匠以及石匠。再來是商業學校的學生，再來是音樂學校的學生，全都穿著美麗的衣服，可想而知，又是一陣熱烈的喝采。

最後出來的是夜間補校的學生，那場面真是好看，年齡不同、職業不同，衣服也各式各樣，有白髮的老人，有工廠的徒弟，也有蓄著長頭髮的工人，年輕的怡然自得，而年老的卻似乎有些難為情的樣子，但在場的人依然熱情的拍手歡迎他們。

受獎者的妻子或子女，多數都坐在座位上觀禮。小孩中，有的一見到自己的爸爸登上舞臺就忘情大叫，笑著揮手。農夫及挑夫一一上臺，我爸爸所認識的擦靴匠也上臺到官員面前領文憑。

然後來了一個像巨人的大人，覺得好像在什麼地方見過，原來他就是「小石匠」的爸爸。為了探望「小石匠」的病，我們幾個爬上那屋頂閣樓的時候，他就在病床旁站著。我回頭去看「小石匠」，只見「小石匠」正雙目炯炯的注視著自己的爸爸，眼裡寫著他內心的喜悅。

忽然喝采聲四起，大家紛向舞臺看去時，只見那掃除煙囪的小孩，洗淨了臉但仍穿著漆黑的工作服出場。市長握著他的手和他說話。

這許多的勞工，一面為了家庭辛苦工作，一面又在工作之餘用功求學，甚至得到獎品，我一想到這，就有一種說不出的感動。他們工作了一整天以後，還要再挪出睡眠時間，動用自己的頭腦，用笨拙的手拿著筆寫筆記，真是難能可貴啊！

接著上臺的是一個工廠的徒弟。他一定是借穿了他爸爸的上衣，只要看他上臺接受獎品時捲起的長長袖口就可知道，大家都笑了起來，接著上來一個禿頭白鬍的老人，還有許多軍人，這裡面有人曾經在我們學校的夜間部上課，此外還有門房和警察，我們學校的門房也在其中。

最後音樂學校的學生，又唱起進行曲，這次的歌聲籠罩著一片深情，聽眾沒有再喝采，只是滿心感動的徐徐出場。

霎時街上擠滿了人，每個人彼此都在互相招呼著。勞動者、小孩、警察、老師、我三年級時的老師和兩個軍人，從群眾中出來，他們的妻子抱著小孩，小孩的小手則拿著自己爸爸的文憑，驕傲的在空中揮舞。

女老師的葬禮

當我們就在公立劇場的時候，我的女老師死了。

昨天早上，校長到教室裡告訴了我們這事，他說：「你們每一個曾經受過老師教誨的同學都應該知道，老師是個好人，她把學生都當成自己的孩子一般深愛著。現在老師已經不在人世了。她病了很久，為了生活，不得不操勞的繼續工作，導致於她病情的惡化。

「如果當初她能休息養病，應該就可以多活幾個月了。可是，她總是不肯離開學生，星期六的傍晚，她跟我說她再也不能見到學生了，所以要一一親自去告別，最後再好好的叮嚀學生，一一與他們吻別。現在老師已經去另一個地方了，無法和大家再見面了，大家千萬不要忘記了老師啊。」

二年級時曾受過老師教導的潘克錫，立刻趴在桌上哭了起來。下午放學後，我們一起去參加老師的葬禮。到了老師的寓所，看見門口停著一輛兩匹馬拉的靈車。

校長和所有的老師們都到了，老師所教過的年幼學生都由拿著蠟燭的媽媽們領著站在那裡，別年級的學生有的拿花環，有的拿薔薇花束。靈車上已堆滿了許多花束，上面還有一個大大的花環，用黑色文字寫著「五年級學生敬呈老師」的標題。大花環下掛著的小花環，都是小學生拿來的。

群眾之中，有拿著蠟燭來送葬的傭婦，有兩個拿著火把，穿白衣的男僕，還有一位老先生，他是一個學生的爸爸，乘了馬車來。大家都齊集在門旁，女孩們頻頻拭著淚。

我們靜候了一會兒，棺木抬出來了。小孩們見棺木移入靈車時紛紛哭了起來。其中有一個好像到這時才相信老師真的死了，開始放聲大哭，大人們於是連忙把他帶離開。

行列緩緩的出發，最前面是綠色裝束的少女們，其次是白色裝束的少女們，再其次是僧侶，接下來是靈車、老師們、二年級的小學生、別校的小學生，最後是一般參加葬禮的人。街上的人們從窗口、門口張望，見了花環與小孩，便說：「是學校的老師耶。」

到了教堂，棺木從靈車中移出，安放在大祭壇前面。女老師們把花環放在棺木上，小孩們則把花覆滿棺木的四周。站在棺旁的人點起蠟燭，在微暗的堂院中開始祈禱。等僧侶念出最後的「阿門」後，大家一齊把蠟燭吹熄，把老師一個人獨自留在寺院裡。

據說老師把書籍以及所有遺物都留給學生了，有的得到墨水瓶，有的得到小書籤。

老師忍受了多年不為人知的病痛，只為教育下一代，最後寂寞的獨自留在那樣昏暗的寺院裡！再見了，親愛的老師！您將永遠留在我感傷而愛慕的記憶裡！

所有的感謝

可憐的女老師，她還曾經想要硬撐到這學年結束呢，明、後天再到學校去聽每月故事後，這學期就要結束了。七月一日星期六起開始考試，再不久就要升上高年級了。唉！如果老師不死，這一切原來值得大家高興的。

回憶去年十月以來所經歷的種種事情，從那時起，我的確增長了許多的知識。說和寫都比以前好很多，算術也已經比一些普通大人還要好，我現在可以幫人家算帳了，無論讀什麼，也都懂得大概的內容。我真的很高興。可是，我能有今天這樣的成績，不知是多少人在背後勉勵我、幫助我的結果呢。無論在家裡、在學校、在街上，只要是我所居住，讓我有所見聞的地方，都有各式各樣的人在教導我。

所以我要感謝所有的人。

首先，我要感謝所有愛我的老師，我現在所知道的東西，都是老師盡心盡力教導的。其次，我要感謝戴洛希，他不厭其煩的為我說明種種事物，使我通過一次又一次的測驗和考試。另外，還有施泰勤利，他曾明示我一個「精誠所至，金石為開」的實例。

當然，還有那親切的甘倫，他曾讓我對人性溫暖的一面有所領悟和體會，至於潘克錫和柯禮提，他們兩人則讓我在困惑中不失勇氣，在忙碌時不忘和氣，所以，我要感謝所有的朋友。

我特別要感謝的是爸爸，爸爸是我最初的老師，也是我最初的朋友，他給我種種的訓誡和教誨，平日為家庭勤奮勞苦，隱瞞自己的悲苦，用各種方法使我在學習上愉快、有信心，在生活中安樂又無憂。

還有我慈祥的媽媽，媽媽是我最愛的人，是守護我的天使，她以我的快樂為快樂，以我的悲傷為悲傷，和我一用功、一起哭泣。媽媽，謝謝妳！是妳在這十年中，不斷用愛和犧牲，在我的胸懷裡注入了溫暖！

每月故事：船難

多年前十二月的某一天，一艘大輪船從英國利物浦港出發。船上包括六十名船員在內，總共載了大約兩百人。船長及船員都是英國人，乘客中有幾個是義大利人，船向瑪爾太島航行，當時天色不佳。

三等客艙裡，有一個十二歲的義大利少年，他的身材雖然比較矮小，可是卻長得很結實。他獨自在船頭桅杆旁捲著的纜束上坐著，身旁放著一個破損了的皮包，一手搭在皮包上面，一身粗糙的衣服，破舊的外套，皮帶上繫著舊皮袋。他沉思似的以冷眼看著周圍的乘客、船隻、來往的水手以及洶湧的海水。好像他最近才遭遇了一件大不幸的事一樣，臉孔雖然還是小孩，表情卻已像大人了。

開船後，不一會兒，一個義大利水手帶著一個小女孩來到這位西西里少年面前對他說：

「馬利歐，你有一個同伴了！」說完逕自離去，女孩在少年身旁坐下。

「妳要到哪裡去？」男孩說。

「先到瑪爾太島，再到那不勒斯去。因為爸媽正盼望著我回去，我是去和他們碰面的。我叫法貴妮。」

過了一會兒，他從皮袋中取出麵包和水果來，女孩則帶有餅乾，兩人就一起吃著。

方才來過的義大利水手忽然從旁邊跑過來叫著說：「快看那裡，情況有些不妙！」

風勢逐漸加烈，船身開始大幅度的搖晃，兩個小孩卻沒有暈眩。女孩笑得很快樂，她和少年年齡差不多，身高較高，膚色一樣是褐色的，身材窈窕，短髮上包著紅頭巾，耳上戴著銀耳環。

兩個孩子一面吃著，一面互談身世。男孩的爸爸幾天前在利物浦去世了，他目前則受到義大利領事的照料，準備回故鄉帕瑪，因為他有遠親在那裡。

女孩是在前年到了倫敦嬸母家裡，她爸爸因為貧窮的緣故而將她寄養在那裡，準備等嬸嬸去世後，可以分得一些遺產。幾個月前，嬸嬸被馬車輾傷，不幸死了，但財產分文不剩。於是她請求義大利領事，送她回歸故鄉。恰巧，兩個小孩都是由那個義大利水手帶領的。

女孩說：「所以，我的爸媽還以為我有帶錢回去呢。可是，一點也沒有。不過，他們應該還是愛我的。我的其他兄弟想必也一樣，我有四個弟弟，都還小，我是最大的。我在家時專門替他們做家事。我一回去，他們一定很快樂，搞不好會跑過來抱我呢！」

她又問男孩：「你就住在親戚家裡嗎？」

「嗯，如果他們收容我的話。」

「他們不愛你嗎？」

「不知道。」

「我到今年聖誕節，就十三歲了。」

他們整天都待在一起，談了許多關於海洋和船上乘客的事。別的乘客總以為他們是姊弟。女孩編著襪子，男孩沉思著。風浪逐漸加劇，天色已暗。兩個孩子分開的時候，女孩對馬利歐說：「好好睡吧！」

「誰都別想好睡了！孩子們！」那個義大利水手恰好從旁邊走過時這樣說。男孩正想對女孩說「再見」的時候，突然來了一個狂浪將他衝倒。

女孩飛跑過去。「哎呀！你流血了！」

所有旅客各顧各的逃難，沒有人留心別的人，女孩跪伏在馬利歐身旁，替他拭淨頭上的血，從自己頭上取下紅頭巾，當作繃帶替他包紮，打結時，把他的頭抱緊在自己胸前，以至於自己的上衣也染了血。馬利歐搖晃顫抖的站起來。

「好些了嗎？」女孩問。

「沒什麼。」馬利歐回答。

「好好睡吧。」女孩說。

「嗯。」馬利歐回答。於是兩人各自回到自己的艙位去。

水手的話果然應驗了。兩個孩子還沒有熟睡，可怕的暴風雨就來了。惡劣的風浪猛如奔馬，一根船桅立刻折斷，船尾載著的四頭牛，也像樹葉一般的被吹走了，船上立刻起了大暴動，恐怖喧囂，暴風雨似的悲叫聲、祈禱聲，令人毛骨悚然。

風勢整夜不曾稍減，到了第二天早上還是這樣。怒浪從側面打來，在甲板上激散，把所有器物都擊碎捲入海裡去。機房的木板也被擊碎了，海水源源灌入。管理機房的船員紛紛逃命去了。

乘客們知道即將沒命了，個個爭相逃入客室去。見到了船長，便一同齊聲叫道：「船長！船長！怎麼辦？快救我們啊！」

船長等大家說完，冷靜的說：「恐怕沒希望了。」

一個女子呼喊老天保祐，其餘的只是沉默的看著，恐怖的陰影把每一個人都籠罩住了。好一會兒，船上繼續瀰漫著墳場一般的寂靜，乘客們彼此只是蒼白著臉面對面，海浪仍然洶湧，船一高一低的搖晃著。船長放下急救小艇，五個水手才上艇，立刻一個大浪衝來，捲走了兩個。那個義大利水手也在其中。其餘三人拚了命，才狼狽的拉著繩索逃上船來。

直到此刻，船員也絕望了。兩小時以後，海水已淹到貨艙口了。

甲板上一副悲慘的光景，做母親的將自己的小孩緊抱胸前，朋友們互相擁抱訣別，因為不願溺海而死，有人乾脆回到艙位裡去，有人舉槍自盡，從高處直直掉落在甲板上，大多數的人都意識狂亂的掙扎著，女人則可怕的抽搐著，哭聲、呻吟聲，和無法形容的叫聲混合在一起，到處都有人睜著無神的眼睛，如石像般的呆立著。

法貴妮和馬利歐兩人合抱著一根桅杆，目不轉睛的注視著大海。

風浪小了些，可是船已漸漸下沉，眼見馬上就要沉沒了。

「把那小艇放下去！」船長叫說。

唯一僅存的一艘救命艇下水了，十四個水手和三個乘客坐在艇裡。船長仍在船上。

「快點來啊，船長！」水手們在下面叫。

「船在人在，船亡人亡。」船長回說。

「或許能遇到別的船搭救呢！快下來吧。」水手們反覆勸說。

「我要留在這裡。」

於是水手們向別的乘客說：「還可以乘坐一人，最好是女的！」

船長扶了一個女子過來，可是小艇離船太遠，那女子沒有跳下去的勇氣，所以還沒跳人就昏倒在甲板上了。別的婦女也都失了神，像是面臨死刑一樣。

「送個小孩過來！」水手叫喊。

西西里少年和法貴妮同時聽到這叫聲，忽然被那求生的潛能所驅使，同時離開了桅杆，奔到船側，野獸般掙扎著向前衝，齊聲叫喊：「救我！」

「只能瘦小的！艇位已經滿了。」水手叫道。

那女孩一聽到這話，就像被雷電打到了似的立刻兩手垂下，注視著馬利歐。

馬利歐也注視著她，尤其見到那女孩衣服上的血跡，回想起之前的事，臉上突然浮現出神聖的光芒來。

「快點！我們就要走了！」水手焦急的喊著。

這時馬利歐情不自禁的發出聲來：「妳比較輕！妳下去吧！法貴妮！妳還有爸媽等著妳！而我只剩自己一個人了！我讓妳！妳去吧！」

「把那孩子丟下來！」水手叫說。馬利歐把法貴妮抱起丟下海去。

法貴妮在水泡飛濺聲中喊了一聲，一個水手捉住她的手臂，把她整個人拖入艇中。

馬利歐在船側高高的抬起頭，頭髮被海風吹拂著，一臉的平靜。

大船沉沒時，水面激起了一個游渦，小艇僥倖沒被倦入。

女孩原先像失去知覺似的，到這時才既著馬利歐的方向，淚如雨下。

「再見！馬利歐！」她唏噓著把兩臂向他伸去叫道：「永別了！」

小艇穿過狂暴波浪，在昏暗的天空之下急急離去，留在大船的人都沒有再出聲了，水已經浸到甲板上了。

馬利歐突然跪下，仰視天上。

女孩把頭低下。等她再抬起頭來看時，大船已經消失蹤影。

第十卷　七月

媽媽的叮嚀

安利柯：

這學年已經告一段落了，在結束的最後一天，能聆聽到一個肯為朋友而捨棄自己性命的故事，真是件別具意義的禮物。你就要和老師同學們離別了，但媽媽在這裡告訴你一件傷感的事。那就是，這次的離別不止是三個月的暫別，而是長久的離別。

你爸爸因為職務上的關係，要離開這兒到別處工作，我們全家也要同行。秋天以後，你就要轉到新的學校了。這對你來說，實在是件不好的消息。

我知道你很愛你現在的這個學校。你在這四年中，每天和老師、同學們相處，而且每天在這裡見到爸爸或媽媽接你放學。你的精神領域在這裡才真正得到開發，也在這裡結交到許多真正的朋友，在這裡，你獲得了種種有用的知識，當然在這裡，你也許曾有過一些難免的挫折，但這些對你都是有益的。所以，你應該打從心底向大家好好的告別。

在他們之中，有遭遇不幸的人，也有失去了爸爸或媽媽的人，也有年幼就死去了的人，也有因戰爭壯烈而死的人，也有許多既是正直勇敢的勞工又是勤勉不懈的勞工的父親，這裡面說不定還有許多曾為國立過大功的人呢！

因此，你格外要真心真意和這許多人告別，要把你精神裡的一部分留在這個大家族裡。你在很小的時候進入了這個大家族，現在變成一個健壯的少年要出去了，爸媽也因為這個大家族愛護你，而愛著這個大家族呢。

學校就像媽媽，安利柯，她從我懷中把你接過去時，你差不多還不會講話。現在，她將你造就成一個強壯健康、善良勤勉的少年還給了我。我該怎樣感謝呢？

你可千萬不要把這些忘記了啊！

你將來年紀大了，有機會到全世界各地旅行時，來到不同風格的城市或鄉鎮，總會記憶起這許多的往事來，那關著的窗，有著小花園的樸素白屋，你所有知識啟蒙的學校，都將在你心中再度鮮明的浮現！

親愛的孩子，直到你離開這個世界為止。我希望你都不要忘了這個你呱呱墜地的誕生地。

——媽媽

筆試

測驗的日子終於到了。

學校附近，不論是老師、同學、家長們，所談論的都是分數、試題、總平均多少和及格不及格等之類的話。昨天已測驗過作文，今天則是算術。見到別的同學的爸媽都在街道上叮嚀著自己的孩子，我也不禁開始緊張了起來。

媽媽們之中，有的還親自送兒子進教室，並替他檢查墨水瓶裡有沒有墨水，檢查鋼筆是否可用，出去時還在教室門口徘徊囑咐：「要仔細一點哦！」

來監督我們測驗的是有著黑鬍鬚，雖然聲如獅吼但卻從不責罰人的寇帝老師。同學之中，有人還怕得臉色發青呢。

當老師把試題的封袋撕開，抽出試題紙來的時候，全場都暫時停止了呼吸。老師用嚴厲的眼神，瞥了一眼教室裡的同學，大聲的把題目宣讀了一遍。我想，如果能把題目和答案一起告訴我們，使大家都能及格，那該有多好呀。

問題很難，過了一小時，大家都還不知從何下筆。有一個同學甚至哭了起來。克勒西則一直敲著腦袋。許多人做不出來，其實那也是滿正常的，因為他們看書的時間本來就少，而爸媽也沒有經常教導監督。

可是，天無絕人之路，戴洛希想了各種方法，在不被發現的情況下救了大家。他畫了圖或寫了公式，傳遞給人看，其動作可謂敏捷至極。甘倫自己原本就長於算術的，此刻他也替他做幫手。一向驕矜的諾琵斯今天也答不出來了，只好規規矩矩的坐在那兒等甘倫來罩他。

施泰勒利又捂住了他的頭，整整瞪了一個小時題目後，忽然提起筆來，五分鐘內就如有神助般的寫完繳卷了。

老師在桌間巡視，他說：「你們要靜下心、仔仔細細的做啊！」

見到窘急的學生，老師就張大了口假裝起獅子的模樣，他是想引學生發笑，讓大家不要那麼緊張。

到了十一點多，同學們的爸媽已在外頭路上徘徊等候了。潘克錫的爸爸也穿著工作服，臉上黑黑的從鐵工廠走來。克勒西賣菜的媽媽，那利穿黑衣服的媽媽，都在教室外頭。

快正午的時候，我爸爸也在我們的教室窗口探望。測驗在正午結束，下課的時候，爸媽們都跑向自己的孩子，詢問他們種種情形，或翻閱筆記簿，或和在旁邊的小孩彼此比較。

「題目有幾題？答得好嗎？減法這一章呢？小數點沒忘記了吧？」

老師們被周圍的人叫喚著，忙著回答他們。

爸爸從我手中取過筆記簿，看了說：「嗯，不錯。」

潘克錫的父母就在我們身旁，也在那裡翻著他兒子的筆記，但他好像有看沒有懂，那神情似乎有些著急。於是。他就問我爸爸說：「請問，這題總和是多少？」

爸爸把答案說給他聽，鐵匠知道自己兒子的計算沒出什麼錯，不禁歡呼著說：「做得不錯嘛！」

爸爸和鐵匠就像朋友似的相視一笑，爸爸還伸出手來和鐵匠握手。

「那麼，我們在口試測驗時再見囉。」兩人說完便分手了。

我們走了五、六步後，聽到後面發出愉悅的聲音，回頭一看，原來是潘克錫那鐵匠爸爸正在快樂的唱著歌呢。

口試

今天舉行口試測驗。我們八點鐘進了教室，從八點十五分起，就分四人一組，被叫進講堂去。大大的桌子上鋪著綠色的桌布。校長和四位老師圍坐著，我們的級任老師也在裡面。我被分配在第一組。

啊，我到了今天才明白，級任老師是多麼愛護我們。當我們答案模糊的時候，他就會面露憂容，但當答得完全正確時，他又會露出歡喜不已的樣子。口試時，老師的每個肢體語言都含有暗示，好像在說：「對呀！不是啦！當心囉！慢慢的講！再仔細點！」

如果老師這時可以說話，一定會將答案統統告訴我們。即使是同學的爸媽代替了老師坐在這裡，恐怕也不會像老師這樣親切有意思吧。一聽到別的老師對我說「好了，可以回去了！」的時候，老師的眼中就充滿了欣慰之情。

我立刻回到教室等爸爸。同學們大都還在教室裡，而我就坐在甘倫旁邊。一想到這可能是我們最後相聚的時光，心裡便不覺悲傷起來。我還沒把即將隨全家離開這兒的事告訴甘倫，甘倫也絲毫不知情，正專心的坐在位子上低著頭，拿筆在他爸爸的照片邊緣上添加裝飾。相片中，他爸爸穿著機械師的服裝，身材高大，神情很正直。

甘倫低著頭，胸前衣服的扣子沒扣，露出懸在胸前的十字架來。這是那利的媽媽因自己小孩受他保護而送給他的。我想我總要找時間把將離開這兒的事告訴甘倫，所以就爽快地說：「甘倫，我爸爸今年秋天就要離開丘林了。爸爸問我要不要和他一同去，我回他說好。」

「這麼說，以後我們就不能在一起讀書了？」甘倫說。

「不能了。」我答。

甘倫默然無言，只是低著頭繼續執筆作畫。好一會兒他才問：「你會記得我們這些朋友嗎？」

「當然會記得。我絕不會忘記的。尤其是忘不了你。誰能把你忘了呢？」我說。

甘倫抬起頭注視著我，他神情好似有千言萬語，卻欲語還休，他一手仍執筆作畫，另一手向我伸來，我緊緊的握住他那隻大手。

這時，老師紅著臉進來，歡喜而急促的說：「不錯，這次大家都通過了。待會兒的測驗也希望你們都會回答。我好像從來沒有這樣高興過呢。」說完他便急忙離去，出去的時候還故意裝作跌跤的樣子，引得我們發笑。向來嚴肅的老師，突然有此動作，大家見了都很詫異，教室中反而一片靜謐，大家都面帶微笑，但卻不是那種哄堂大笑。

不知為了什麼，看見老師那種孩子似的行徑，心裡是又歡喜又感傷。

老師所得的報酬，就是這瞬間的喜悅，這就是九個月來親切、忍耐以及所有辛勞的回報了！因為要得到這報酬，老師曾那樣不計辛苦，連生病在家裡的學生，他都親自造訪學生家中去教導他們。那樣愛護我們，替我們費心的老師，原來只要求這微薄的報酬啊！

我想，將來有一天若再想起老師，那今天的情景也一定會同時在我心中浮現。

也許等我再長大些的時候，所有的老師們應該都還健在吧，所以我們一定有再見面的機會的。那時我一定會以感恩的心情，在老師的白髮上致上感謝的一吻。

告別

下午一點，我們又聚集在學校，聽候成績發表。

學校裡擠滿了家長，有的等在門口，有的走進教室，連老師的座位旁也都擠滿了人。教室的講臺前也站滿了人。甘倫的爸爸、戴洛希的媽媽、潘克錫的爸爸、柯禮提的爸爸、那利的媽媽、克勒西的媽媽、「小石匠」的爸爸、施泰勒利的爸爸，此外還有許多我不認識的人。

老師一到教室，教室立刻就肅靜了下來，老師手裡拿著成績單，當場宣讀：「勃巴泰西六十七分，及格。亞爾克尼六十五分，及格……」

「小石匠」及格了，克勒西也及格了。

老師又大聲的說：「戴洛希七十分，及格，全班第一名。」

只見戴洛希微笑的朝他媽媽看去，他媽媽則揮起手和他招呼。

卡洛斐、甘倫、寇拉西，也都及格了。此外，有三、四個人不及格。其中有一個，因看見他爸爸站在門口作勢要打他而哭了起來。老師立刻對他爸爸說：「不要這樣，不及格並不全是小孩的不好，還有很多其他因素的。」老師又繼續宣布：「那利，六十二分，及格。」

那利的媽媽送了個飛吻給兒子。施泰勒利是以六十七分及格的。他聽了這好成績後，連個微笑也沒有，仍是用兩拳擋著頭不放。最後是華提尼，他今天穿得很華麗，他也及格了。

宣讀完畢，老師站起身來，「今天是我最後一次和大家在這教室中見面了，我們大家相處在一起也一年了，今天就要說再見了，我現在的心情很複雜也很難過。」說到這裡，他停頓了一會兒，又說：「在這一年中，我曾好幾次無心發了怒。這是我的不好，請你們原諒老師。」

「哪裡、哪裡！」家長們、學生們都齊聲說：「哪裡！老師，沒有的事！」

老師繼續說：「請原諒我。下學年你們不能和我再相處在一個班上了，但是仍會在校園中再見面的。無論何時何地，你們會永遠在我心裡的。再會了，我親愛的孩子們！」

老師說完，走到我們座位旁來，我們站在椅子上或是伸手去握老師的手，或是扯著他的衣襟。然後，大家齊聲喊說：「再會！老師！謝謝您！祝老師身體健康，永遠不要忘記我們哦！」

走出教室的時候，我忽然感到一陣傷悲，心中難過得像有什麼東西壓著。大家都離開了，別間教室的學生也像潮水般向門口湧去。學生及家長們夾雜在一堆，有的向老師告別，有的相互打招呼，戴紅羽毛帽的女老師被四、五個小孩抱住，幾乎不能呼吸了。孩子們又把「尼姑」老師的帽子扯掉，在她黑衣服的口袋，亂塞花朵進去。而洛佩弟今天第一次拿掉枴杖了，大家見了都好開心。

「那麼，再見了。下學期十月二十日再見了。」隨處都可以聽到這樣的話。

我們都互相招呼著，在這個時候，所有的不快都煙消雲散，向來嫉妒戴洛希的華提尼也張開雙臂去擁抱戴洛希。我向「小石匠」道別，當「小石匠」要裝最後一次兔臉給我看時，我忍不住上前緊緊擁抱住他，久久不放。

我又去向潘克錫和卡洛斐道別，卡洛斐送了我一塊略有缺損的瓷器紙鎮。那利跟甘倫抱在一起難分難捨，大家見了那情景心中都為之感動，紛紛圍在甘倫身旁。

「再見，甘倫，願你一切順利。」大家齊聲這樣說，有的去抱他，有的則去握他的大手。對這位勇敢高尚的朋友，大家都表達了難捨之情。甘倫的爸爸在一旁看得有些不可思議。

我最後在門外抱住了甘倫，將臉貼在他的胸前掉下了淚。甘倫親吻我的額。

然後我跑到爸媽身邊，爸爸問我：「你已和你的同學死黨都一一告別過了嗎？」

「嗯。」

爸爸又說：「以前有對不起哪個同學的，快去道個歉，請他原諒，想想有沒有這樣的人？」

我答說：「沒有。」

「那麼，再見了！」爸爸說著，向學校做最後的一瞥，他的聲音中充滿了感情。

「再見了！」媽媽也跟著反覆說。

一旁的我噙著淚水，早已泣不成聲了。